新潮文庫

救いたくない命

俺たちは神じゃない2

中山祐次郎著

JN150071

新潮社版

11950

目次

救いたくない命

俺たちは神じゃない2

救いたくない命

初夏というには暑い6月下旬の月曜日、東京は芝公園近くの麻布中央病院の会議室では朝7時半から外科術後カンファレンスが行われていた。この病院の外科医が全員集まり、前の週に行われた手術についての報告が行われるのだ。約600床の大規模病院通称「アザチュウ」には200名ほどの医師が勤務するが、とりわけ外科のスタッフは充実している。

この日は外科医長の久米《くめ》を始めとして外科医が15人、外科医となって5年目以下の若手が6人、さらに研修医が一人参加していた。真っ暗な中にプロジェクターで電子カルテ画面が投影された広い部屋は、強めの冷房のおかげでキンキンに冷やされている。

剣崎啓介《けんざきけいすけ》は、画面の横の司会者席に座りマイクで告げた。

「それじゃ、次」

この会議《カンファ》の司会をやるようになって3年が経《た》つ。医師になって15年目。どうして、自分のような古株で中堅の人間に、こういうお鉢が回ってくるのだ。そろそろ司会の交代を、などと手を差しのべてくれる者は誰もいない。

「よろしくお願い申し上げます。患者様は43歳男性、下部消化管穿孔《せんこう》の症例です」

馬鹿《ばか》丁寧な、というより慇懃《いんぎん》無礼《ぶれい》な言葉遣いで 発 表《プレゼンテーション》を始めたのは外科後期研修医の荒井《あらい》仁義《ひとよし》だった。ラガーマンのようにがっちりと筋肉のついた上半身の上に、小さな頭、なんとも怪しげなちょび髭《ひげ》と細長い四角フレームのメガネといういささかアンバランスな容貌《ようぼう》の荒井は、研修医が終わって2年、つまり医者になって4年の駆け出しである。麻布中央病院に来る前には研修医教育で有名な田亀《たがめ》総合病院で研修をしたと聞くが、その教育効果はまだはっきりと見えてはいない。

一般に、外科医は12年ほどで一人前になる。「10年目のはなたれ小僧」という言葉が存在するほど、外科医の修業は長いのだ。40歳手前のいい大人が怒鳴られ、馬鹿扱いされるのもこの業界ならではのものではなかろうか。

「で、CTでは穿孔部位はこちら、あるいはこちらのあたりに見えまして……」

「そこじゃないやろ。そこは腸管の中やねん」

バシッと指摘をしたのは、松島直武《まつしまなおたけ》だ。剣崎と同じ卒後年数の同期で、近年麻布中央病院に移ってきた。大腸癌《だいちょうがん》の手術ばかりをやってきた自分とは異なり、胃から肝臓、膵臓《すいぞう》のみならず、泌尿器科《ひにょうきか》領域である膀胱《ぼうこう》や尿管、さらには産婦人科の卵巣《らんそう》や子宮の手術までこなすオールラウンダーだ。銃創《ガンショット》や刺創《しそう》など、日本ではかなり特殊な外傷外科の経験も豊富だと聞いている。歳は1歳上だが、普段はお調子者の関西人といった感じで、コメディカルの人気も高い。

「お前、なんも見えとらんな。ほら、孔《あな》があいとるんはここ」

松島のレーザーポインターが、CT画像の1点を指しめす。

「はっ。申し訳ありません」

「謝っとらんと、ちゃんと勉強せぃ」

室内から苦笑が漏れる。

いつまでもダラダラと下手なプレゼンを聞いているわけにはいかない。外科医の朝はとにかく忙しいのだ。

「はい、ご質問ある方。いいですね、では次」

会議室を出ると、松島が笑みを浮かべて話しかけてきた。180センチを超える背丈に優しげな細い目。頼りにしている相棒だ。

「な、最後の話聞いてた？　俺、楽しみになっちゃう。救急好きやねん、特に外傷《トラウマ》が」

「うん。そんときはよろしくね」

最後の話とは、連絡事項として外科医長の久米が通達した「当院に最も近い救命センターのある慈泉会《じせんかい》医科大学病院の手術室が大幅工事のため、重症救急患者の受け入れを一時休止する」という件だった。慈泉会医科大学は、港区エリアではかなりの数の重症患者を受け入れていたため、休止に伴い周辺の病院へ通達を出していたのだった。それはつまり、そちらの重症救急患者の受け入れを増やして下さい、ということに他ならない。外科へは、重症の外傷患者、たとえばビルの四階から落ちたとか、自動車の正面衝突とか、トラックに轢《ひ》かれたような大怪我《おおけが》の患者を受け入れるよう要請があった。

とはいえ、自分には重症の外傷患者の手術経験はほとんどない。指をちょっと切ったとか、夫婦喧嘩《げんか》で腹を包丁で刺されて内臓に1センチ入った患者の手術をしたことがあるくらいだ。本気の外傷外科と言われる専門領域は外科医の中でも特殊で、ふつうに日本で外科医としてキャリアを積んでいるだけでは学ぶことができない。外傷外科を習得したい者は、南アフリカやタイなど、外傷手術が多い国へ赴いて実際に働いてくる。松島もご多分に漏れず、外傷手術で有名なアメリカかどこかの病院へ1年ほど行っていたと聞いたことがあった。

「任せてよ」

相棒の笑顔を見ると、微《かす》かに外科医としての嫉妬心《しっとしん》が芽生えるのを感じる。俺もそんなキャリアを積んできたかった、と思うと同時に、いやこの道をひたすら歩んできたからこそ大腸という一臓器を深く知ることができたのだ、と自己肯定の波が押し寄せる。中年の外科医とは、後悔と自負を共に抱くものなのかもしれなかった。

廊下の時計は9時5分を指している。医局に戻ってから手術室に行くか一瞬迷う。いや、今日の担当は麻酔の導入が速い瀧川京子《たきがわきょうこ》だ。患者は9時前に入室しているから、すでに全身麻酔がかかっているだろう。

更衣室でブルーの手術衣に着替える。経年劣化し薄くなったこの手術衣。涼しいのはありがたいが乳首が透けるのは勘弁してほしいと思う。胸毛の濃い脳外科医は、以前下にシャツを着なければならないとこぼしていた。

いつもの手術室2に入ると、案の定、全身麻酔の導入が完了していた。70歳の男性患者の口には人差し指ほどの太さの透明なチューブが挿し込まれ、瞼《まぶた》には透明なシールが貼《は》られている。右の鼻の孔からは太めのストローのような経鼻胃管《マーゲン・ゾンデ》が胃まで入れられ、黄色い胃液を排出している。

「おはようございます」

マスクの紐《ひも》を後ろで止めながら声をかけると、麻酔チャートに記録をつけていた京子が顔を上げた。

「剣崎先生、おはようございます」

「相変わらず素早い」

「いえいえ、いつもやっていることですから」

にこりと笑う京子は、外科医の扱いをよく知っている。眉《まゆ》が完全に隠れるほど青いキャップが目《ま》深《ぶか》になるのは、きっと頭と顔が小さいからだろう。ぱっちりとした瞳《ひとみ》からはいつものように強い意志を感じる。

「先生、宜《よろ》しく御願い致します！」

荒井が腰を直角に曲げて頭を下げている。いつにも増して慇懃なのは、今日が荒井の執刀する手術の指導だからだ。腹腔鏡下鼠径ヘルニア修復術《TAPP》という、長くとも2時間はかからない術式で、それほど難易度の高い手術ではない。しかしながら、荒井はまだ今日で3例目だ。過去の俺の手術ビデオを見て勉強しておくよう指示しておいたが、果たして実行してきただろうか。

荒井は、手は動くがいまいち解剖の理解が足りないタイプの若手外科医であった。逆であっても困るのだが、このタイプは怠りなく学習を続けていかなければ二流の外科医で終わってしまう。人体への深い理解と、バリエーションの知識に裏打ちされた手の技術がなければ、外科医は高みには登れないのだ。

荒井は特にこれといった問題も起こさず、ちょうど2時間で手術を終えた。手技の雑さはあるが、まだ慣れぬ腹腔鏡《ふくくうきょう》手術だから仕方がない。特に危なげもないし、4年目のTAPPの出来としては上々だろう。明日の退院も問題なさそうだ。

手術室を出る時、荒井の興奮した「ありがとうございました!」の声を背中で聞いた。

さあ、さっさと着替えて、医局で昼飯だ。今日は午後、機器メーカー担当者との打ち合わせが2件入っている。

昼どきの医局にはちらほら医師が戻ってきていて、各々《おのおの》のデスクでパソコンを叩《たた》いたり机に突っ伏して昼寝をしたりしている。医局の奥にある、50型の大きなテレビと、低いテーブルを囲むように四つ脚の長いソファが置かれたフリースペースには、白髪の精神科部長の利根《とね》とまだ40代と若い手術着姿の整形外科部長である山崎《やまざき》、それにネクタイを締めた院長の山極《やまぎわ》が座っていた。

「お疲れさまです」

面倒だが、無視するわけにもいかない。たまには他科の医者や院長とも交流しておかねばならない。

剣崎は整形外科部長の隣に腰掛けると、朝の通勤時にコンビニで買っておいたカップラーメンを袋から取り出した。

「ああ、剣崎先生。調子はどうかね」

「はい、おかげさまで」

何の意味もない会話を院長と交わす。

「よろしく頼むぞ」

一瞬、何のことかと戸惑った。が、すぐに察した。

「はい、どんどん受け入れますよ」

「そりゃ頼もしい。ファッファッファ」

利根が愉快そうに笑う。外傷患者の受け入れは精神科医の業務にほぼ影響を与えないのだから、気楽なものだ。第一この利根はもう65歳で、今年で定年退職となる予定だから、現場感覚をすでに失っているのだろう。他人事《ひとごと》とはまさにこのことだ。

少し苛《いら》つきつつも、構わずカップラーメンにスープのもととなる粉を振り入れた。

「先生、たまにはマトモなもん食わないと死にますよ」

整形外科医らしい、いかにもスポーツマンといった体格の山崎が、日に焼けた顔から白い歯を見せて笑った。

「整形外科《うち》か外科が一番忙しくなるんでしょうから」

「ですねえ」

たしかに外傷患者は外科か整形外科の担当だ。あとは頭を打っていたら脳外科だろうか。それに手術の麻酔を担当する麻酔科、つまりこの部門だけが忙しくなる。

「なにかあったら相談《コンサルト》させてください」

「ええ、外科のエース剣崎先生のご依頼なら喜んで」

「いえいえ、そんな大したものでは」

実のない会話は苦痛だが、他科の医師と顔を合わせて話しておくことは、いざというときに必ず役に立つ。

5分も経たずに食べ終えると、一言挨拶《あいさつ》をして自席へと戻った。

とたんにPHSが鳴った。

「すいません、救急外来です。ホットラインなのですが、受けていいですか？」

救急外来《キューガイ》の看護師からだ。ホットラインとは、消防から病院への直接の受け入れ要請の電話のことで、主に三次救急、つまり超重症者の受け入れの打診という意味に等しい。今朝、慈泉会の話を聞いたばかりだというのに、なんというタイミングだ。

「えと、いいけどどんな人？」

「ナイフによる刺創です。なんか事件があったらしいですが詳細は不明、腹部に複数あるとのことです。意識《レベル》はJCS20、バイタルは……」

「いい、受け入れよう」

「了解、10分後到着です」

告げるや否《いな》や電話が切れた。剣崎の承諾は織り込み済みだったのだろう。

ナイフ。刺創。複数。腹部。

少ない情報を一度頭の中で箇条書きにしてみる。先ほどの連絡だけでは年齢も性別もわからない。誰にやられたのだろうか。刺創が腹腔内に及んでいる場合、腸管まで達している可能性がある。腸だけなら良いが、おそらく血管もやられているだろう。

腸間膜の細い血管くらいなら腹を開けてすぐに縛ればよいが、大血管まで損傷していたらどう対処すべきか。

人手がいる。

急いで各所に電話しておくのだ。PHSを操りながらも、足は救急外来へと向かっていた。

「もしもし、まっちゃん?」

「おう、どしたん」

「忙しいとこ悪いんだけど、さっそく外傷が来るよ」

「忙しいもなにも、麻酔科でアブラ売っとるとこや。外傷? ええね。じゃあ京子ちゃんに言っとくわ。いま目の前おるから」

どうやら松島は麻酔科の医局にいるらしい。

「助かる。ちょっとまだバイタルとか聞いてないんだけど」

「了解、どっさり輸血も準備しとくって。俺今から手術《オペ》やけど、まあ腹腔鏡下胆のう摘《ラパコレ》出術やから、2時間もあれば終わるわ」

1回の電話で二人に伝わったので助かった。次はあいつだ。

ところが、なかなか電話に出ない。4コール、5コール、6コール……9コール目でやっと応答があった。

「もしもし、荒井？」

「え？　あ、はい！」

明らかに起きぬけの声をしている。

「お昼寝中のところ悪いんだけど、外傷患者を受け入れることになった。救急外来《キューガイ》に来れる？」

「もちろんです先生」

寝起きなのをとりつくろっているのがみえみえだ。電話の後ろで風の音がしている。

「お前、どこ？」

「え？　あ、いや、その、なんと申しますか」

そう言えば、荒井は昼休みに屋上でよく昼寝をしている、と以前松島から聞いていた。

「屋上か。ダッシュで頼むよ」

「了解です」

救急外来の扉を開けると、すでにビニールの使い捨てガウンを身にまとった男性と女性の救急看護師が初療ベッドで黙々と準備をしていた。ベッドに紙製のシーツをかけ、床にも同じものを広げてテープで固定している。そうだ、刺創ということは患者が血まみれで運ばれて来るのだ。

すでにJの字に曲げられた30センチメートルほどの挿管チューブや、手鎌《てがま》のようなかたちの銀色の喉頭鏡《こうとうきょう》、顔に固定するためのテープといった気管内挿管のための器具一式が揃《そろ》えられている。さらに動脈血を取るための細い注射器《シリンジ》に、同時に採血検査に提出するための血液を確保する20ccの太い注射器が直角に付いたものもスタンバイされている。ベッドの頭側《とうそく》の点滴架台にはソクフィルVと書かれた細胞外液の点滴バッグが3つ、ぶら下がっている。

看護師2名、医師が自分と荒井の2名。十分な陣容だ。あとは患者を受け入れるだけだ。オペ室にも根回しはしてある。集中治療室《ICU》への連絡は後刻に行おう。ICUの看護師は、やれどんな病態でやれどんな生命徴候《バイタル・サイン》で、何が必要で呼吸器の設定はどうでと先に情報を知りたがる。受け入れてからの連絡が良いだろう。

「すいません、遅くなってしまいました!」

荒井が飛び込んできた。わざとらしく肩で息をしている。

遅い、という言葉を飲み込む。今はそんなことで集中を削《そ》がれている場合ではないのだ。

　ざっとした勘定では、あと3、4分で到着。到着してからやることは決まっている。まず心臓が止まっているかどうかの確認だ。救急隊から続報がないことから、まだ心肺停止《アレスト》にはなっていないのだろう。つまり心臓マッサージをしながら救急車から降りてくる可能性は低い。となると、そこまでひどい出血ではないのかもしれない。脳内でのシミュレーションを開始する。服を大急ぎでハサミで切って脱がせ、全身を観察する。メジャーな出血はすぐに手で押さえる。急いで心電図モニターのシールを胸の3ヶ所に貼り、指にサチュレーションモニターを装着する。

　ここからは、ABCDの順で確認を行うのだ。A（気道）→B（呼吸）→C（循環）→D（中枢《ちゅうすう》神経）のチェックである。顔には酸素マスクをつけ、意識を確認する。それから静脈路《ルート》確保、できたら輸血できるように太い18G《ゲージ》の針で取りたいが、出血が多いと血管が虚脱《シュルンペって》しているから難しいだろう。その場合はまず細めの22Gか24Gを血管に入れ、点滴を入れて血管が膨らんだところで太い18Gを入れる。そして、急いで輸血を入れる。手が足りなかったらまっちゃんにすぐコールだ。よし、大丈夫。そう言えば手術室の空きをまだ聞いていなかった……

　遠くから救急車のサイレンが聞こえてきた。医者になってからいったい幾度耳にしたことだろう。だんだんとその音は近づいてきて、院内に入ったのか、フッと消える。

いよいよだ。

剣崎は救急外来の大きな扉を開け、外に出た。看護師二人と荒井も追随する。梅雨の真っ最中だというのに、盛夏を思わせる暑気が湿り気を帯びて頬に当たる。

トヨタ・ハイエースを改装した救急車が救急外来の出入り口にぴたりとつけた。バックドアが開くと、救急隊員が一人乗っているのが見える。助手席から、隊員が飛び降りてくる。

パッと見たところ、車内が血だらけということはなさそうだ。隊員が心臓マッサージをしている様子もない。

「イチ、ニ、サン」

威勢よい掛け声と鋭い金属音とともに、ストレッチャーが運び出された。上に乗っているのは、黒いズボンに黒い長袖《ながそで》Tシャツを着た男だ。30歳ほどだろうか。黒ずくめなので目立ちにくいが、べっとりと血が付いている。

「わかる？　病院着いたよ！」

隊員が声をかけているが、ぐったりと体の両側に垂れた手に反応はない。あまり良くはない。

「荒井、ざっと異常ないか診て。俺は話聞いてるから」

荒井がストレッチャーを勢いよく押しながら、救急外来の初療室に入っていく。後ろから来た救急隊員が、

「先生、お願いします」

と報告を始めてきた。肩を並べて初療室に入りながら耳を傾ける。

「患者は一ノ橋和也《いちのはしかずや》、33歳男性。本日六本木ヒルズの前で刃物で刺され、通行人により救急要請となりました」

「え?」

そう返すと隊員に驚かれた。

「先ほど看護師さんにはお伝え致しましたが」

そうだった。ロクに情報も聞かぬうちに引き受けてしまったのだ。普段めったにやらない業務だから、こういうミスが起こる。しかし悔いている時間はない。

「OK、それで?」

「はい。どうやら通り魔事件の関係者のようです。ナイフの刃渡りは15センチほどとのこと。救急隊現地到着時《ゲンチャク》、意識はJCS20」

20。つまり「大きな声または身体《からだ》をゆさぶることにより開眼する」程度の意識だ。

「承知しました」

あまり良くはない。

「バイタルは、血圧78の40、脈拍110回、呼吸回数20回、酸素飽和度《サチュレーション》93％」

まずい。これはショックの状態だ。体内の血液がおそらく1000ミリリットルは出てしまっている。

「うん、既往《きおう》とか内服は？」

病歴や飲んでいる薬について質問しながらも、目はすでに初療室ベッドに移った患者に移している。脱衣にやや時間がかかっているのは、この暑さにもかかわらず生地の分厚いズボンを穿《は》いているからだ。荒井が持っているのは、成人男性の手より少し大きい洋裁用の鋏《はさみ》だが、それでもうまく切れないらしい。

「不明です。名前と年齢は持っていた免許証から判明しました」

「そうだよね。てことは同伴家族もなしか」

「はい」

「了解、ご苦労様です」

「はっ」

隊員は初療室から出ていった。いつの間にか他の隊員も退出している。これで救急隊員の役割は終わり、ここからは我々がプロフェッショナリズムを発揮する番だ。苦心していた荒井が脱衣を終え、患者は全裸になっている。

「外傷は何ヶ所？」

「ええと、前胸《ぜんきょう》部に二ヶ所、前腕《ぜんわん》に二ヶ所、これは両側《りょうそく》ですね。で、腹部には深めのが一つ。あとは下肢に小さい擦過傷《さっかしょう》か切創《せっそう》らしいものがちょこちょこあります」

前腕……防御創だろうか。この患者が通り魔に襲われたのだとしたら、防御のために構えた手を切りつけられている可能性は十分にある。

「看護師さんはモニターと酸素マスクを着けて。酸素は取《と》り敢《あ》えず10リットルリザーバーマスクで開始。荒井は静脈路《ルート》確保、取れたら鼠径《そけい》から動脈血採取《ガス》ね」

指示を出しおえると、マジックペンほどの太さの超音波《エコー》の探索子《プローベ》を胸に当てる。念のため、肺が傷ついたことによる緊張性気胸や大量の血胸、心臓を覆《おお》う心膜の中に血液が溜《た》まることで心臓がうまく動かなくなる心タンポナーデの可能性を除外《ルール・アウト》するのだ。うん、それらはなさそうだ。やはり原因は出血だ。

荒井に続き、自分でも静脈路《ルート》を取る。大出血しているのだ、一刻も早く点滴で血管内のボリュームを増やさなければ心臓が止まってしまう。停止した心臓はマッサージで強制的に動かすことはできるが、そもそもの根本的な原因である「血液の不足」を解消しなければ再び動き出すことはない。さらには強心剤《アドレナリン》を打つこともできない。薬剤を投与するための経路という意味もあって点滴の管はルートと呼ばれている。ルート取りに手こずると、患者はまず死ぬ。

患者の左腕を見る。腕の前側、つまり手のひらと同じ側に3センチほどの切創があるが深さは大したことはない。ピンク色の細いゴムでできた駆血帯《くけつたい》で脇《わき》の近くの腕を縛る。切創から血がにじむことはないので、そのまま血管を探す。腕はだらりと下がっている。危険なしるしだ。早く水を入れなければ。

青白い腕には、意外なほど黒々とした太い毛がまばらに生えている。男の割には皮下脂肪が多く、まるで中年女性のようだ。血が付いているが、これならすぐに血管は見つかる。

駆血したことで手から心臓に戻る血液がうっ滞し、静脈が膨らんでくる。通常であれば駆血帯を巻いてほんの5秒もすれば盛り上がるのだが、なにせ大出血患者だ、しばし待たねばならない。それでも10秒間待ったら血管らしきものが見えてきた。

「細いな……」

ひとりごちるが、誰も反応するものはいない。それぞれ黙々と、持ち場で作業を進めているのだ。ちらと向かいの荒井に目をやる。懸命に腕を持ち上げたり叩いたりして、静脈を探している。すぐに取れる雰囲気ではない。

ここだ。この患者が死ぬか生きるかの分水嶺《ぶんすいれい》。暗い、底なしの大きな穴が空いている。下には大鎌を持つ死神が嬉しそうに待ち構えている。

トクン、と自分の胸の鼓動が聞こえる。徐々にあたりが暗くなる。二人の看護師も荒井も消える。もはや患者の体までもが見えなくなり、真っ暗な中に自分とこの左腕だけが浮かび上がっている。大丈夫だ。俺はやれる。「ルート確保は、静脈選びが9割」。研修医の頃の、一風変わった名字の汗かきな先輩外科医の言葉が耳に蘇《よみがえ》る。柔道の強い大学の理事長の御曹司《おんぞうし》だったあの人は、厳しいながらも大切なことを教えてくれた。静脈選び。いた、この血管だ。1・5ミリはある。この太さの管に、1・1ミリはある20G《ゲージ》の管を留置《カニュレーション》するのだ。これくらいの口径差なら刺すことが出来る。

傍らに準備されていたアルコール綿でさっと皮膚をぬぐう。青白い皮膚がてらてらと一瞬光るが、すぐにアルコールは蒸散し湿り気のないゴムのような肌に戻る。

手袋を着けていないことに気づいたが、構わず続ける。この患者がもしB型肝炎やHIV感染症にかかっていて、その血がついた針を自分に刺したら感染する可能性がある。が、そんなことを言っていたら患者を救えない。プロはそんなヘマはしない。

気付かぬ間に浅くなっていた呼吸を、意識的に深くする。ふう、と吐いたところで左手を血管の近くの皮膚に添え、右手で持った点滴針を確認する。ベヴェルと呼ばれる斜めになった針の先端を、下に向けるのだ。逆にしては刺さるものも刺さらない。刺す。

皮膚は予想通り、柔らかい。高齢者の紙のようにカサカサな皮膚ではなく、ほどよく肉があって張っている。プツンと皮膚、そしてその下の真皮《しんぴ》を通る。静脈はそのすぐ下の皮下組織の中にトンネルのように走っている。そのトンネルの横っ腹から、一気に刺して侵入する。

ここが一番神経を使うところだ。高齢者であれば皮下組織が疎《そ》なのでトンネルは針先に押されて逃げてしまう。この患者ではそういう心配はない、問題はどれほど血管が虚脱しているかだ。静脈の薄く弱い壁は、中を通る血液の量が減れば減った分だけ虚脱してしまう。ひしゃげたチューブ。ここに針を刺して侵入し、内筒と呼ばれるプラスチックの細いストローが血管の壁を傷つけることなく入ったままになればＯＫだ。

行け。

針の先端は血管に当たったが、虚脱していて張りがないため、針が刺さり切るまえに逃げてしまう。０・１ミリ、ぐっと押し込む。よし、入った。赤黒い血が点滴針の中を逆流してくる。第一段階は突破した。

次に、内筒をすすめる。針先がしっかり血管にすべて入っていなければ、切る力をもたない内筒は容易に血管の外にそれてしまう。この患者のような脱水状態《ハイポボレミック》では難易度がグンと上がる。さらに0・1ミリほど針全体を進めてから、祈るような気持ちで、ゆっくり内筒を進める。行け。入れ。

「来た！」

思わず声が出た。

「ルート確保！　点滴繋《つな》いで！」

一気に周りの景色が戻ってくる。針先に集中していた意識が俯瞰《ふかん》に戻る。

「点滴、滴下《てきか》良好です」

これでひとまず大量に点滴と輸血ができる。荒井はどうだろうか。

「先生、取れました！」

「よし！」

でかした。これでぐっと勝ちに近づいた。鈍いところもあるが、手先はなかなか器用なのである。どうしても点滴が入らない患者について若手外科医は看護師から日常的に頼まれているから、剣崎よりも刺すのは上手《うま》いかもしれない。

「細胞外液《ガイエキ》、全開で！」

ふっ、と息をつく。ほんの40秒ほどのことだが、この患者の命運をわける時間であった。

「じゃあ、輸血持ってきて。濃厚赤血球《マップ》6単位、新鮮凍結血漿《エフエフピー》6単位で。荒井は俺と出血源を探ろう」

「了解《ラジャー》です！」

ようやく患者の顔をまともに見る。

無理やり真ん中で分けているものの、白髪交じりの天然パーマの髪がボリュームを持って丸顔の目の上まで迫っている。体型は中肉中背だが、顔だけがやたら大きい。もみあげから顎《あご》まで続く髭《ひげ》は、生やしているのではなくただ伸びてしまったのだろう。瞑《つむ》っている目は外側に向かって垂れていて、あまり目つきはよくなさそうだ。どこか違和感がある。しかし、ぱっとは思いつかない。とりあえず、疑問は先送りだ。

続いて胸部に目を移す。左乳首のすぐ下とその外側に、シャープペンシルで描いたような創がある。振り回したナイフがかすったのだろうか。ここを一突きされていたら心臓だから、病院にたどり着いた時には死んでいただろう。うまく逃がれたのかもしれない。視線を腹部に下ろすと、荒井が腹部に載せられていたガーゼを外した。

「ひどいな」

その荒井が声を漏らす。

臍《へそ》の右上、5センチほどの創があり、そこから血がにじんでいる。どれほど深いものかはわからない。が、腹部が少し盛り上がっているところを見ると、おそらく腹腔内で出血しているのだろう。

下腹部にはかすり傷のようなものはあるが、目立つ切り傷はない。

さあ、どうする。

2秒ほど考える。もし血管内治療《アンギオ》で止血ができれば腹を開けずに済むから、それに越したことはない。しかし、腸管やほかの重要臓器を損傷していないとも限らない。まずはその検索からだ。他の凶器による攻撃を受けていて胸部の創部がもっと深い可能性もある。

「血圧は？」

「90の55です」

少し上がってきている。輸液反応群《レスポンダー》だ。

「手術室《オペ》へ！」

荒井と看護師がストレッチャーを移動させはじめた。

手術室は今日も冷房がよく効いている。

「剣崎先生、よろしくお願い致します」

麻酔の担当は先ほどのTAPPに続いて、松島直武のお気に入り、瀧川京子だ。ある夜、馴染《なじ》みのバー「The One」に松島が連れてきたことがあるのだが、とんでもない酒乱ぶりを発揮した。バツイチ、酒乱のお嬢様育ちの麻酔科医。それだけでいろいろなことを考えてしまうが、少なくとも麻酔の腕は間違いなく一流だ。手術帽とマスクに挟まれた、ぱっちりとした目で患者の頭側から目礼してくる。

「剣崎先生、よろしくお願いいたします」

「タイムアウト（執刀前の最終確認）しましょう。執刀医の剣崎です。患者は33歳男性、一ノ橋和也さん。腹部外傷による出血性ショック、腸管損傷あります。開腹してまず止血を行い、損傷箇所を確認したのちに腸管切除を行います。腸管の吻合《ふんごう》は状態によりしないかも。あと、腹は閉じずに腹部創の開放管理《オープン・アブドマン》にする可能性が高いと思います。手術時間は1時間半程度、出血は――」

出血量はどう見積もればよいだろう。すでに腹腔内には1000ミリリットルほどは出ている。なんと言うべきか迷う。

「2000ほどと思われます」

荒井の声は明らかに上ずっている。初めての術式に興奮しているのだ。

「助手の荒井です」

「麻酔科の瀧川京子です。血圧は不安定ですが、適宜輸血していきます。既往歴は不明、アレルギーなども一切不明です」

淡々とした物言いは、しかし余裕と自信に溢《あふ》れている。大きな船に乗って、これから嵐《あらし》の中を出帆しようとしているような感覚になる。京子が麻酔をかけているのであれば、止血にまごついて多少出血量が増えたとしてもなんとか持ちこたえてくれるだろう。

「器械の滅菌はすべて確認済みです。感染症はすべてマイナスです。ガーゼは上30枚からです」

今日の器械出し看護師は桜井妙子《さくらいたえこ》。意外なほど強いアイメイクを施している、37歳のベテランだ。緊急手術に対応するためか、外回りは手術室責任者の勝本美嘉《かつもとみか》が務めてくれる。勝本は手術室キャリア25年のプロだ。剣崎が無理やりねじ込んでしまった格好のオペではあるが、外傷による出血という、麻布中央病院ではめったにない症例だからか、盤石の布陣を組んでくれている。ありがたい。

「では、メス」

桜井から渡された使い捨て《ディスポーザブル》のメスを右手に握る。

「では、お願いします」

開始を告げると同時に、腹の真ん中、みぞおちからさっとメスを引く。手術室に入室した20分ほど前より明らかに腹部の盛り上がりが大きくなっている。まだ腹腔内で出血しているのだ。

途中の臍は切って渡り、下腹部まで大きく開けた。このような大開腹はいつ以来だろうか。専門としている消化器外科では、近年開腹部が小さい腹腔鏡手術がトレンドなのである。

「鈎《こう》ピン、電気メス」

「こちらも」

ピー、と電気メスで通電する音が耳に届く。真皮が焼ける、いつものにおいがたちこめる。

腹はすぐに開いた。

「吸引《サクション》」

腹膜が開くとすぐに、赤というよりは黒い液体がどろりと垂れてくる。荒井が吸引管で血を吸っていく。やや汚れているのは、腸管損傷により腸液が混じっているからだろう。

「突っ込んでいいよ」

「はい」

荒井が吸引管を開腹部に入れた。排水口のような音が手術室に響く。

やはり腹の中だけで1000は優に出ている。問題は、これを吸っていくと、一時的に上がっていた腹腔内圧が下がり、再び出血が始まるということだ。一気に血圧が下がり心停止になってしまうリスクが生じる。急いで出血点を見定めなければ。

スピードを上げる。癌の手術ではないのだ、丁寧に腹を開けている場合ではない。以前真夜中に手伝った緊急帝王切開《カイザー》、あの開腹などは一分でやっているのだ。あれくらいのペースで良い。

「電気メス」

腹はハサミ《クーパー》で切るか。いや、電気メスで切る。ザーッと電気メスを腹に走らせる。地雷原を走るように点々と血管を切ってゆく。湧《わ》き上がる腹壁からの出血はこの際無視だ。

「はやいっす」

荒井が妙な声を上げる。本当の勝負はここからだ。松島はまだ前の手術から上がってこない。ここは自分一人で踏んばるしかないのだ。

「中山式開創器《ナカヤマ》」

無言で渡す桜井は速い。このような手術を一緒にやるのは初めてなのに、術野を見てすべてを予測しながらの見事な器械出しである。桜井看護師で助かった。

2本のレールにS字のウデがふたつついた中世の拷問具《ごうもんぐ》のような中山式開創器を創に装着すると、腹が大きく菱形《ひしがた》状に広げられた。

損傷部位を探すか。

「タオルガーゼ」

両手で血だらけの小腸を引っ張り出す。4メートルにも及ぶ小腸と、扇のようについている腸間膜だ。ガーゼで拭《ぬぐ》いながら目視するが、ガーゼはすぐ血に染まる。外傷《トラウマ》のプロならば、ここで出血制御のための5点パッキングなどを行うのだろう。外科雑誌で読んだことがあるが、やり方は憶《おぼ》えていない。

「ガーゼ、どんどん」

拭っては右に立っている桜井にガーゼを投げていく。

「ここだ」

腸間膜の出血であることを突き止めた。黄色い脂肪でできた一センチほどの厚みの膜が、血管ごと鋭く切られ、拳《こぶし》が入るほどの大穴が空いている。

「ペアン」

家庭用のはさみほどの大きさの道具を渡される。刃の代わりに、これを握るとあいだに入った組織をつかむことができるのだ。まずは一時的な止血を行う。

「これでどうだ」

独り言のように呟《つぶや》く。

しかしまだ血は湧き上がってくる。荒井は放心したようにぼんやりと溜まった血を吸い続けている。

「貸せっ！」

吸引管を奪い取ると、ハンディ掃除機で部屋を掃除するように素早く動かして血を吸っていく。ここか。

「ペアンッ！」

右手を出すやいなや、桜井がペアンを手のひらに当ててくる。小気味良い音が響く。

もう一ヶ所、出血点と思《おぼ》しきところをペアンで噛《か》む。これでどうだ。かなり収まるはずだ。

1秒、2秒、3秒……

「駄目っ！　鑷子《せっし》、ガーゼ！」

みるみる湧き上がる血に、いったん撤退を図る。桜井が渡してきた鑷子、20センチほどの長さのピンセットを持つとガーゼを次々に入れていく。5枚入れてもすぐに真っ赤に染まってしまう。10枚入れ、しっかり鑷子でおしつけたところでようやく血が上がって来なくなった。

「どこでしょうね」

荒井が呑気《のんき》なことを言っている。修羅場を経験していないため、今の状況のヤバさに気づいていないのだ。

患者の頭側にあたる麻酔科側の雰囲気が重苦しくなっているのを感じる。目をそちらに向けるまでもない。おそらく開腹して血液を吸い出してからドンと血圧が下がり、それをしのいだと思いきや、出血しつづけているために血圧を60にさえ保つのが困難なのだろう。

どうする。出血点はまだある。無為に５００ミリリットルほど出血させてしまった。これ以上の出血は、播種性血管内凝固《DIC》を引き起こし、しまいには至るところから血が吹き出すという事態を招く。まずはすみやかに輸血を入れるのだ。そして……どうする。松島だ──まっちゃんはどうした。

「勝本さん、まっちゃんって終わってるかな」

「松島先生？　見てみるわ」

すぐに手術室を出ていった。あちらの手術はそろそろ終わっていてもおかしくない。

しばらく出血を押さえたまま、待つ。

すぐに手術室の扉が開いた。

「まっちゃん！　良かった」

顔を見て思わず本音が漏れる。松島が患者に目をやる。これまでに見たことのない硬い表情だ。どうした？

「なんや！　こんな手術やめたれや！」

あまりの大声に、手術室の時間が止まった。何を言っている？

「まっちゃん」

いいから早く手を洗ってきてくれ、と言おうとする。

「剣崎先生、この患者が何者か知っとるんか？　さっき手術室《オペ》の前で警察から聞いたで」

「警察？　ああ、通り魔事件かなんかで刺されたって話で」

「ちゃうわ！」

すごい剣幕で怒鳴られた。

「こいつ自身が、その通り魔や。ニュースが大変なことになっとる。六本木ヒルズの前で15人以上を刺して殺したんや」

「え？」

思わず、患者の顔を見る。青い覆布《おいふ》で顔は隠されており、代わりに見えたのは京子の強張《こわば》った顔だった。

そんなことがあるのだろうか。被害者の要請は一人もなく、なぜこの患者だけが麻布《あざぶ》中央病院に運ばれてきたのか。

「せや！　警察が言っとった、間違いないそうや」

犠牲者が15人以上というのは本当だろうか。

「じゃあなんで、この人がこんな刺創を？」

「なんでも、被害者の夫に刃物を奪われて反撃されたそうなんや。心得のある人だったらしい。どっちみち、死んだほうがいい、こんなクズは」

松島は吐き捨てるように言う。

「いや、でも、まだ分からないかもしれない……」

「警察が間違いないって言っとったわ！　顔《ツラ》、見せてみい」

松島が荒々しく覆布を剝《は》ぐと、挿管チューブを口から突き出した男の顔が顕《あらわ》になる。

「間違いない。さっき控室のテレビでも出とったわ。一ノ橋、こいつや」

なんということだ。無差別殺人者の救命に、俺は全力を注いでいたというのか。

「だからもうやめえや。京子ちゃんもそんな輸血なんかせんでええ、このクソ野郎に」

「で、でも……」

京子はとまどいながらも、ポンピングをしている手を止めない。点滴を重力で落として投与するだけでは間に合わず、注射器を使ってポンプを押すように最速で点滴を入れていく方法を取っているのだ。

一方、荒井は吸引器を手に硬直したまま、動かない。

事実の重みに打ちのめされそうになる。とにかく今は非常事態で、血が止まったわけではない。是非を議論している場合ではない。よほどうまく進めなければ、この患者は術中《ティッシュ・トート》死してしまう。

頭が回らない。手術室は妙に静かだ。誰も口を開かない。この患者に全責任を持つ人間、すなわち主治医であり執刀医の俺が決めなければならないのだ。時間は刻々と過ぎてゆく。どうする。

15人を殺した犯罪者。青白い腕。虚脱した血管。

くそっ。なぜ俺が、しかもこんなに急いで決めなきゃならないんだ。

「駄目だ。見殺しにはできない。まっちゃん、頼む。手を洗ってきてくれ。俺一人じゃ、この出血は止められない」

「おい、マジで言うとるんか……」

松島は目を見開いて、立ち尽くしている。異常事態には違いないが、手術室でこんな感情的になる男だっただろうか。まったく、松島らしくない。

「まっちゃん！」

自分でも驚くような大きな声が出た。

「まっちゃん。こいつを救命しよう。しっかり裁いてもらって罪を償わせなきゃ駄目だろう！」

松島はまっすぐこちらの目を見ている。

「人を殺したから死なせていいのか。それを医者が決めるのか。まっちゃん、俺たち医者は……」

遮るように松島が右手を挙げた。

「待っとき」

そう静かに言うと手術室を出ていった。

一分後、松島は両手を前に出して入ってきた。いつもの表情に戻っている。

「すまん」

「何がや。ほら、血い止めるで。ほら、荒井代われ」

「じゃあ京子先生、これから圧迫しているガーゼ外すので」

再出血します、ということを含ませた。

「了解です」

いつでもどうぞ、という目をしている。帽子とマスクの間からわずかに見えるその顔は上気しているようだ。

「じゃ、外すよ」

パッとガーゼを外す。すぐにすべてのガーゼを取り出す。松島の吸引管が間髪容《い》れずに出血源へと誘《いざな》ってくれる。

「なるほど、間膜に二ヶ所、小腸二ヶ所、あと横行結腸《トランス》二ヶ所やな。through and through 言うて、刺創は偶数の孔なんや。教科書どおりやこいつ」

右手の吸引管で血を吸いながら、左手を扇のように広げて腸を避け、かつガーゼで的確に出血点を押さえてくれる。腕が何本あるんだ、この男は。

「こっち押さえとき」

荒井への指示まで出してくれる。これで俺は止血に集中できる。

「あった」

出血の原因はここ、上腸間膜静脈《SMV》だった。奥の奥にあり、小腸から戻ってくる血液はほぼすべてこの8ミリ幅ほどの細い静脈を通ってくるのだ。よって、原則、この血管は縛って犠牲《サクリファイス》にするわけにはいかない。失血死となら天秤《てんびん》にもかけるが、上腸間膜静脈を縛るのはそれくらい最悪の選択なのだ。

「SMVやな」

この重要血管が裂けているのを見るのは初めてだ。どのように立ち向かえばいいのか。

「これ、どうすればいいかな？　経験ある？」

「あるでぇ。かなり稀《まれ》やけどな。鈍的外傷で前に2例くらいおったな。1例は動脈も損傷しとったから結紮《けっさつ》して腸が腐ったけど、死亡《ステ》らんかった。学会で発表したわ。今日のは大して裂けとらん。縫ったろ」

「オーケー」

心強い。松島がいなかったら、絶対にこの患者を失っていただろう。

「プロリン、両端針、6《ロク》-0《ゼロ》くらいでいい？」

会話を聞いていたのか、外回りの勝本が声をかける。

「うん、じゃあそれで」

「え、私、6《ロク》-0《ゼロ》なんか見えないわよ。老眼始まっちゃってるんだから」

器械出しの桜井が冗談を言う。

「んなことないやろ」

ガッハッハ、といつもの松島の笑い声が聞こえた。

これから細い血管を縫って修復するという難所を前に、二人は剣崎をリラックスさせようとしてくれているのだ。

血管を縫いはじめる。欲を言えば拡大鏡《ルーペ》が欲しいが、なにせ緊急手術だ。まあこれくらいの血管なら肉眼でも捕捉《ほそく》できるだろう。

桜井からもらった持針器と長いドゥベーキー鑷子で、細い血管を、さらに0・1ミリもない太さの糸で縫っていく。途中、松島の吸引管による的確なアシストが入る。

集中しろ。大丈夫だ。

縫いはじめて50秒ほどしたとき、松島の手が一度震えた。

どうした。

もし糸を引っ張られでもして血管が大きく裂けてしまったら、この患者の生存は大きく遠のく。顔を上げずに目だけで様子を窺《うかが》う。

もう一度体が動いた。やはり、おかしい。こんなシーンで体動するような男ではない。

顔を上げてそちらを見た。

松島の両目から、涙が流れているではないか——。眉間《みけん》には深く皺《しわ》が刻まれている。青い手術用マスクの鼻の辺りは濡《ぬ》れて変色している。

「まっちゃん」

返事はない。堪《こら》えているのだ。救いたくない命など医者にとってあるはずもなかろうが、よりによってこの男が何名もの人間を殺《あや》めた者だと知ってしまったのだ。ニュースを見たり警官から話を聞いたりしたことで、蛮行を鮮やかに脳裏に思い浮かべているに違いない。ありふれた日常を惨劇へと塗り変えた犯人に、15年間の苦しい修業で培《つちか》った最高の技術を揮《ふる》う。それが悔しくてならないのだろう。

しかし松島は、執刀医の命《オーダー》に従った。手術室という、戦場に等しい究極の現場で指揮系統が乱れることはあってはならない。松島は自らのフォロワーシップを最大限に発揮しつつ、自らの想《おも》いを飲み込んでいるのだ。

この縫合だけは失敗するわけにはいかない。何が何でも、この男を救命しなければならない。

それから5分ほどかけて、丁寧に一針ずつ修復していった。

縫い終えたところで、

「もうええやろ」

と、松島は手をおろした。1秒でも早くこの場を離れたいのかもしれない。

手術が完了すると、患者は集中治療室《ICU》へと収容された。普段と違うのは、部屋の前に24時間体制で警察官が立つようになった、と看護師から聞かされたことだった。

＊

「おつかれ、今日はありがとう」

「いやあ、しんどかった。でもうまく行ったやん」

夜10時。病院からほど近い、麻布十番のバー「The One」。月曜だからか、人気のバーに他に客はいない。カウンターの一番奥の席で、二人は静かにグラスを合わせた。白いTシャツにジーンズというスタイルの松島は生ビール。綿の白いボタンダウンシャツにストレッチの利《き》いたグレーのフォーマルなパンツを合わせた剣崎はラフロイグ10年のオンザロックだ。

マスターの尾根諒一《おねりょういち》がちょっとしたスナックを盛り付けてくれた。パリッとしたシャツに細いブラックタイ、黒ベストとおなじみのスタイルの尾根は、いつもながら整った顎鬚《あごひげ》が洒落《しゃれ》ている。

「どうやろうな、あの患者は」

松島がつまらなさそうに呟いて、もう一口ビールを飲んだ。そう言いながらも、分かっているのだ。もうあの患者が死地を脱したことを。

「ん」

ラフロイグのピート香《こう》が鼻を刺激する。これが癖になる。

しばらく二人して、黙ったまま飲んでいた。尾根は空気を察してか、厨房《ちゅうぼう》の方に引っ込んでいる。遠くで、ルイ・アームストロングの「That's My Home」が流れている。薄暗い店内のカウンターテーブルを弱い光のキャンドルが照らす。バカラのウイスキーグラス越しに炎を見ると、ちらちらと目の奥が焼き付く。

「尾根さん、おかわり。大盛りで」

松島の冗談に、奥から出てきた尾根が応《こた》えた。

「オーケー、今日のお代は剣崎先生につけとくね」

にっと笑うとこちらを見た。今宵《こよい》も、奥でこっそりビールを飲んでいるのだろうか。

サーバーから注いだビールを松島の前に置くと、再び姿を消した。

松島はすぐに一口、といってもグラスの三分の一ほどだが、をぐっと喉《のど》に注ぐ。こんな美味《うま》そうにビールを飲む者を他に知らない。

ふとあの患者を思い出す。術後は人工呼吸器のついたまま集中治療室へ入ったから、結局一度も話をしていない。集中治療室の前の警察官からは根掘り葉掘り聞かれたが、詳しくは明日また院長に聞いてくれと伝えてなにも教えなかった。

あの男は俺たちによって救命され、おそらく一両日中には人工呼吸器も取れるだろう。そしてリハビリを行い、創が治ったところで退院となり、そのまま病院の出口で即逮捕となるのだ。そういう患者は以前にも何人も見ている。

そのあとは長い長い裁判で裁かれ、犯行の全《すべ》ては日本中の知るところとなり、最後は死刑に処されるのだ。だとしたら、今日の救命に何の意味があったのだろう。遺族の誰もが、あの男が明日にでも死ぬことを望んでいるのではないか。

「すまんかったな」

二杯目をすっかり飲み干した松島がぽつりと言った。

「え？」

「いや、いらんこと言うてもうて。尾根さん、おかわり」

松島は前を向いたまま続けた。

「オペの後考えたんや。たしかに剣崎先生の言う通りで、あの男が外傷で死ぬかどうかを決めるのは、俺らやない。俺らは、ダメージを負って来た人を、ただ救うだけなんや。盲目的に」

尾根が音もなく現れ、グラスを回収した。

「そんなことは分かっとった。なんやけど、今日あいつに殺された人間の中に、入っとったんや」

「え？　誰が？」

「俺が昔働いてた病院の、後輩の医者や。あの手術の前に偶然知ってもうた」

松島は手術中に涙を流していたのだ。

「そうだったのか……」

手術後に見たニュースで、そう言えば犠牲者のうち一人が医師であったと報道されていたのを思い出した。

「青木《あおき》はどんくさい外科医やった。荒井なんかよりも出来が悪くて、頭が働かなくて手先も不器用。坊主頭《ぼうずあたま》で一見不気味、真面目《まじめ》すぎてナースとの関係も下手。どうしようもない奴《やつ》やったんや」

松島が過去を語るのは珍しい。

「だから精一杯、教えた。本当に一から十まで教えたんや。朝病院に来てから、夜仕事が終わるまでにやることのリストを作ってやってな」

「そんなに。それは可愛《かわい》かっただろうね」

「ああ。出身大学は首都医科歯科大学やから頭脳は超一流なんやで。でも、どうにもパリッとせん奴やった。自分でも『僕は勉強はできるんですけど、仕事ができないんです』なんて言うとってな。自分でも別の病院に移ってしまったんやけど、今も同じところで頑張ってるって毎年わざわざ年賀状なんか寄越してな」

今日は早めに酔いはじめている。そんな松島に、尾根は優しくビールを手渡した。

「青木は、不器用だけど真面目なやつなんや。今は戦力になっとるとも聞いとった。きっと、おろおろしながらも現場で医者として何が出来るか考えたんや、間違いなく。

どんくさい男やから、逃げんと刺されてしもうたんやろ」

　黙って剣崎は聞いていた。

「あいつが青木を殺したんや。そんなことを想うたら、腹が立って悔しくて、たまらんかった。……俺は外科医や。死にそうな人間がいたら、持てる力の全てを使って救うのが、俺らの生き方や。そんなことは分かっとる。でも、クソッ」

　一気にビールを流し込むと、音を立ててグラスをカウンターに置いた。

　何かを言いたい。何か言って、友の心を少しでも楽にしてやりたい。

　いや、松島は十も百も分かっている。プロとして、どうにかこうにか折り合いをつけて手術に参加してくれたのだ。それでも耐えられず、泣きながら続けたのだ。隣に座るこの男のサポートがなければ、患者はオペ室で命を失っていただろう。自らの手の上に、かわいい後輩医師を殺した男の命を載せて、ぎりぎり此岸《しがん》に引っ張り戻したのだ。

　こんなに苦しいことがこの世にあるのだろうか。

「まっちゃん」

「うん？」

　松島は再び泣いていた。

「ありがとう。本当にごめんな」

グラスを持ち上げると、松島はぐしゃぐしゃに崩れた顔でビールグラスをこつんと当てた。

午前4時の惜別

「おつかれ」

「おお、乾杯」

松島直武がビールグラスを持ち上げる。

秋も深まった10月の金曜日、夜9時。勤務先の麻布中央病院からタクシーでワンメーターの、麻布十番のバー「The One」に二人はいた。剣崎啓介はウイスキー「竹鶴《たけつる》」のハイボールを喉《のど》に流し込んだ。強い炭酸が咽頭《いんとう》の粘膜を弾《はじ》く。さっと胃に落ちた黄金色の液体は、袋状の臓器を内側から冷やしてゆく。

金曜日だと、このバーはだいたい満席だ。今日も8席のカウンターはすべて埋まっていた。一番手前、出口に近いところに松島と剣崎が座り、その隣にはカジュアルスーツ姿の20代後半の男性二人。奥には同業者風の、ジーンズにTシャツの50歳くらいの男と、化粧の濃い若い女性のカップル。一番奥にいるのは揃《そろ》って水商売風のドレッシーなワンピースを身にまとった女性ふたり客だ。

医者は、というか外科医は服装に無頓着《むとんちゃく》だ。着るものにまで意識が回らない。おしゃれをしている者は、暇な科の医者と相場が決まっている。松島は白い無地のTシャツに毎日同じようなダメージドジーンズ。剣崎は綿の白いボタンダウンシャツに紺のニットタイ、ネイビーのパンツを合わせている。

「いやあ、今日はひやっとしたな」

松島がマスターの尾根諒一が置いていったスナックの皿から、ジャイアントコーンを一つつまんで口に入れた。いつもの白シャツにブラックタイ、黒ベスト姿の尾根は、カウンターの端の女性客とにこやかに話している。

「そう？ まっちゃんなら余裕だったんじゃない？」

「うん。でもあんな膵浸潤《すいしんじゅん》寸前だと、逆に膵頭十二指腸切除術《PD》のほうがええんかもな」

先ほど行った72歳男性の大腸癌《だいちょうがん》のロボット手術では、子供の握りこぶしほどの腫瘍《しゅよう》が膵臓に近接しており、膵臓と腫瘍の境界がはっきりしない部分もあったのだ。

「まあ、膵臓は怖いからね」

「せやな。俺、膵臓で痛い目見てんねん」

「そうなの？」

「ああ。膵臓に噛《か》み付いとった横行結腸《おうこうけっちょう》癌があってな、術中に切除しに《取りに》行くか散々迷ったんや。今思うたら取らんで術後に化学療法《ケモ》で叩《たた》けばよかったんや。でも、若くてな、患者が」

　小さくため息をつくと、ビールグラスに口をつけた。

「俺も青かったんかもしれん。膵臓、取りに行ったんや。結局、術後に膵液漏《すいえきろう》で膿瘍こさえてもうて、なんやかんや3ヶ月も入院している間に肝転移や」

　似たような経験は、剣崎にもある。いや、外科医なら誰しもが持っている悔恨だろう。返事をする代わりにハイボールをごくりと飲んだ。

「でもな、俺が仕えてた上司はとにかく、『癌は取れるなら取れ。そして責任も取れ』って言うてたのよ。うまいこと言うわ」

　つまり、「切除できそうな癌は、多少無理をしてでも切除しろ。その結果、発生した合併症は自分で治せ」という意味だろうか。癌というものの手術は、「すべてを取りきる」ことにのみ価値がある。少し残してだいたい切除した、では絶対に治らないのだ。細胞一つでも落としてしまうと、そこから再発をする可能性が高い。だから少し、5ミリでも1センチでも安全域《マージン》を取って大回りして切除する必要があり、そのためには、隣りにある臓器をかじってこなければならないことがある。かじった結果、場所によっては尿が出づらくなったり、勃起《ぼっき》や射精ができなくなったりする。その臓器が膵臓であれば、松島の例のように術後にトラブルが起きるのは必至となる。

それにしても松島が昔話をするのは珍しい。内心驚きながらも、剣崎はグラスをまた持ち上げた。

「ん」

会話が途切れると、他の客の話し声が否応《いやおう》なしに耳に入ってくる。奥の女性客は尾根と懇意のようで、「マスター、もうやだぁ」などと嬉《うれ》しそうに笑っている。その手前の年の差カップルはたまにボソボソと話すだけで、あまり盛り上がることはない。すぐとなりに陣取る男二人は、少々胡散臭《うさんくさ》い雰囲気で、背中を丸めて「先輩の誰それが開いた六本木のバー」の話をしている。

「俺、教わったことって染《し》み込みグセがあるんやな。小学校の頃から私立で、周りは坊っちゃん嬢ちゃんだらけやったから、みんな素直で先生大好きや」

「そうだったんだ？」

思えば、松島は大阪では有名な大病院の御曹司《おんぞうし》だ。大学も私立だし、小学校からのお受験組であってもなんら不自然ではない。むしろ、そんな育ちの男が東京で外科医などという泥臭い仕事をやっているのが意外なのだ。

つくづく、自分との育ちの違いを感じずにはおれない。大船駅という、いくつかの路線の終点である以外に大した特徴もない地域で育った。横浜市と鎌倉市の境より少し鎌倉よりではある。湘南《しょうなん》というには海が遠すぎるし、鎌倉というには神社仏閣はほとんどなく、横浜というには田畑が広すぎる。駅前の風景も、いくつか建ったマンション以外はここ20年ほぼ変わっていない。その町の、二《ふた》クラスしかない小さな小学校、やたらスポーツにばかり注力する中学校。そして、公立のなかでは県内トップレベルとはいえ、私立もあわせるとなんとか十本の指に入るくらいの高校が剣崎の母校である。

「俺は、ずっと公立だったからな。廊下をバイクで走るやつもいたし、女子生徒を盗撮して捕まった英語教師もいたし」

思い出すだけで気分が暗くなる青春時代であった。成績が悪くなかったからいじめられはしなかったが、それでも不良グループに何度か小銭を取られたことはあった。

「うちの中学校は先生のこと、みんな心から尊敬してたんやで。すごいやろ」

「まっちゃんは思いっきり反抗しそうだな」

「想像におまかせするわ」

からりと笑うと、いつの間にか飲み干したグラスを高く掲げ、尾根におかわりを頼んだ。

ジョン・コルトレーンのテナーサックスがバーを支配している。

「石渡《いしわたり》っていう数学教師がおってな。俺が病院の息子だと知って、『先生』と呼ぶんや。それで俺が解けんと、さんざんバカにするんや。ほんまにロクでもない男やった」

「ああ、そういうやつ、いるよね」

手元のグラスに目を移す。汗をかいた細長いグラスに収まった四つの氷とウイスキーのソーダ割り。振ると、まるで風鈴のような音がする。

高校生の頃の、サッカー部の顧問を思い出していた。入江《いりえ》一蔵《いちぞう》、身長185センチメートルもある体育教師だった。神奈川の公立高校に、なぜ福岡出身の入江が勤めていたのかはわからない。博多弁で「走らんと勝てんけん」と言っては部員を日々しごいた。やたらと厳しい反面、気に入った男子生徒を体育教官室という、職員室とは離れた地下の小部屋に呼んではビールを飲ませていた。指導の賜物《たまもの》か、試合ではどんな相手にも走り負けることはなかったが。

高校一年生のころは良好な関係だった。部活終わりの「5分間走」という、5分でグラウンドを3周ダッシュするトレーニングで根性を見せたのだ。大方の先輩より速く走っていた剣崎を入江は事あるごとに褒めた。「お前らも剣崎を見習わんといかん」と言われるのはただ嬉しかった。入江のやり方は嫌いではなかった。

ある日、部活終わりに体育教官室に呼ばれて言われた「剣崎、お前はたいした人間になる。でも、努力を続けんといかん」という言葉を、ずっと大切にしていた。時代遅れではあったが、筋の通った指導をしていたと思う。

それが、ちょっとしたサッカーの戦略の違いで口論になると、途端にその関係は破《は》綻《たん》したのだ。

剣崎は、大船駅ビルの本屋で買った科学的なサッカー理論の本を読んでから、入江とぶつかるようになった。何度か議論をしたが、古い「走り負けないサッカー」スタイルの入江は折れなかった。

「俺は、入江先生のやり方を正しいとは思いません。もっと、ポジション同士で連携する必要があるし、そのためには今のやり方はムダな動きが多すぎます」

とうとう口にした二年生の夏合宿の最終日。夜のミーティングで、みんなの前で二発殴られた。そして、学校に帰ってからただちに退部届を出したのだった。サッカ

怒りとともに、青春を持て余したエネルギーは、ひたすら勉強に向かった。サッカ

一部の友人たちともすっかり疎遠《そえん》になり、孤独のうちに高校時代を過ごすことになった。それが、学校始まって以来の東大医学部合格につながった、という見方もある。

合格を告げに高校へ行った日の帰り、駅へと向かう長い坂の向こうから入江が歩いてきた。とっさに目を伏せたが、「剣崎」と大きな声で呼ばれた。そして「お前、ようやったな」と声をかけてきたのだった。一瞬顔をほころばせかけたが無視してうつむいたまま通り過ぎた。入江は、どんな表情をしていたのだろうか。

それからのことはほとんど知らない。体調を崩して定年前に学校を辞めたとは風の噂《うわさ》で聞いていた。

「どしたん」

ビールを置いた松島に声をかけられた。

「え、ああ」

誤魔化すように、ウイスキーを含んでみる。

「なんや、昔話なんてしゃらくさいわ」

考えていることを見透かされたような心地がした。

「明日も早いわ。そろそろ帰ろうや」

そう言うと、松島はビールを一気に飲み干した。

＊

週の明けた月曜日、剣崎は9時から外来診察室にいた。

といっても、病院に到着したのは7時すぎで、そこからカルテのチェック、病棟入院患者24人の朝回診、そして会議《カンファレンス》を終えての外来である。

白いワイシャツに紺のシンプルなタイ、下にはブラックのパンツ。外来の日はきちんとした格好をするように心がけていた。

外来は基本的に週に2日、月と木曜日である。この外来診察日が、剣崎にとっては憂鬱《ゆううつ》でならない。メスをふるい、巧みに糸を結ぶ外科医であるのに、外来診察でじっくり患者の話を聞くのは性に合わないのだ。同じ話をし続けるのもつらい。鼠径《そけい》ヘルニアの原因、大腸癌のステージと治療、虫垂炎《ちゅうすいえん》の手術方法……もう何年も、何百回も同じ話を繰り返している。毎週、外来診察日の夕方には喋《しゃべ》りすぎて頭痛が起きる。痛み止めを飲むこともしばしばだった。

「先生、最後の一人ですが、さきほど到着したので問診票を書いていただいています。紹介状も電子カルテに取り込んであります」

ぶっきらぼうにそう伝えるのは、外来クラークと呼ばれる事務職の渡邉《わたなべ》はるかだ。まだ20代と若く、化粧っ気のない丸顔に厚い唇の小柄な女性で、あまり愛想は良くない。が、めっぽう仕事ができるのだ。剣崎の外来についてまだ1年だが、朝外来に来るとすべての患者についてチェックを終えており、採血オーダー漏れや次回外来の予定など、必要事項だけを確認してくる。その上で、抗がん剤治療中の患者の採血結果について、

「先生、この方、前回よりさらに好中球《こうちゅうきゅう》が減っています。そろそろ減量基準に引っかかりますので、G-CSF《増やす注射》、打ちますか」

などと、専門家顔負けの解釈をしてくるのである。

さらには、他院から紹介された新患についても、紹介状と添付された検査結果を読み込み、追加で必要な検査を一覧にして渡してくれる。はるか一人でも外来診察は成り立つだろう、とまで剣崎は思っていた。

「先生、お呼びしていいでしょうか」

「ああ、お願いします」

パソコンのモニター画面の名前をクリックすると当該患者のページが開かれる。性別、生年月日、年齢、血液型に始まり、住所、病名、感染症の有無などが一瞬にして

表示されるのだ。過去の診察カルテも一覧となっている。

剣崎は神奈川の個人病院からの紹介状をクリックした。

「剣崎啓介先生　机下《きか》

平素より大変お世話になっております。

この度ご紹介させていただきますのは、腹痛を主訴《しゅそ》に当院を受診した78歳の男性です。

精査の結果、膀胱《ぼうこう》浸潤、前立腺《ぜんりつせん》浸潤をともなう直腸癌を認めております。

大変ご多忙のこととは拝察いたしますが、ご高診ご加療のほどどうぞよろしくお願い申し上げます。」

見飽きた定型文の中に、「膀胱浸潤、前立腺浸潤をともなう直腸癌」の文字が浮かび上がる。

これは大変そうだな、骨盤内臓全摘術《TPE》か、それとも術前に化学放射線療法《CRT》を行なうべきか、など考えているところへはるかが患者を誘導してきた。よろよろと入ってきた大柄な男性は、丸椅子《まるいす》に腰掛ける。

「こんにちは、外科の剣崎と……えっ!」

目の前にいる男性に、見覚えがある。

驚いてパソコン画面に目をやると、入江一蔵とある。

「入江……先生?」

人相に変化はあるものの、間違いない、高校時代のサッカー部顧問の入江だった。すっかり禿《は》げ上がり、残った髪をすべて後ろになでつけている。年老いてはいるが、真一文字に結んだ口からは長年教壇に立った風格が滲《にじ》んでいる。背筋はピンと伸びて剣崎を見下ろすほどの座高だが、服の上からもかなりやせているのが分かる。

ねずみ色の長袖《ながそで》にカーキ色のズボンを穿《は》いているその姿は、老人そのものだ。

「久しぶりだ、剣崎。いや、今は先生か」

ニヤリと笑う。紹介状にもモニターにも名前があったのに、気づかなかったのだ。

「お久しぶりです。お元気で……」

言いかけて、言葉を飲み込んだ。紹介状に進行直腸癌の記載があったのだ、あれで元気なわけはない。

「大腸癌で調子が悪いっちゅう話を前の校長にしたら、お前が外科の医者になって麻布中央病院にいると聞いてな。近所の医者に紹介状を書いてもらったんだ」

あの高校の卒業生に医者が何人かいるとは剣崎も知っていたが、外科医になったとはあまり聞いていない。それで頼って来たのだろうか。

「そうですか……」

昨日、入江を思い出したのはなにかの予感だったのだろうか。余計な昔話などしたくもなかったので頭を医者モードに切り替えた。

「体調はいかがですか」

平静に戻った表情と、抑揚の少ない話し方に入江もなにか気づいたようであった。

「ああ、あまり良くない。もう半年も良くない」

「半年ですか」

「そうだ。それで、3ヶ月前くらいから便に血がまじるようになった。メシも食べづらい。体重はずいぶん減った」

「どれくらい減りましたか」

「15キロは減った」

頬は痩《や》せこけ、かつてはがっちりと筋肉質だった手足も枯れ木のように細い。

「そうですか。ほかにはなにかあります？」

努めて淡々と問いかける。

「尿が近くなったくらいか」

軽くうなずくと、剣崎はモニターに目を向けてキーボードを叩きはじめた。

［現病歴　半年前より体調不良を自覚、3ヶ月前より下血あり。体重減少マイナス15kg。頻尿《ひんにょう》あり］

指が少し動かしづらい。

「痛みますか？」

顔だけを入江に向ける。

「まあたまにな。熱もたまに出る」

紹介医から届いていたCT画像をクリックした。白黒の画像の中、骨盤に握りこぶしほどの大きな腫瘍がある。おそらく相当な痛みがあるに違いない。

「病状については、どんな風に聞いていますか？」

紹介患者のときは必ずこのように尋ねることにしていた。前医がどこまで説明しているか、わからないのだ。これを聞かずに「あなたの癌は」と話しはじめたところ、なにも説明されていなかったようで「私は癌なのですか！」と激昂《げっこう》されたことがある。

癌の告知には時間がかかり、伝える側のストレスにもなるため、何一つ患者に説明することなく紹介してくる開業医さえいるのだ。

「前の医者は、大きな癌が腹の中にあって、ほうっておくと飯が食えなくなるし貧血が進むと言っていた。ご立派な大腸癌だとよ」

「そうですか」

ある程度は話してあるようだ。これから詳細を説明せねばならない。しかし高齢者は、通常は家族と一緒に話を聞いてもらうことにしている。訊《き》きづらいが、訊かねばなるまい。

「今日はお一人です?」

「見たらわかるじゃないか」

こういう特徴的な物言いは、教師か元教師のそれと決まっている。病院現場で嫌がられる職種の一つだ。家族と来院していても、診察室に一人で入ってくる患者は多いから、このように尋ねている。心の中で小さくため息をつくが、プロの外科医が顔に出すことはない。

「では、病状についてご説明します」

剣崎はこう告げると、画像と採血検査結果をモニター上に表示させた。

「まず、」

入江さんは、というか入江先生は、とするか一瞬迷った。

「入江さんは、お腹《なか》の中に大きな癌がありますよ。だいたい握りこぶしより少し大きいくらいです。これが血便や体重が減る原因になります。ご飯が食べづらくなりますから。それで、この癌は……」

「どういうことだ。意味がわからん」

入江が苛立《いらだ》った声で遮る。

「ええと、人間の体の消化管というのは、口からお尻《しり》の穴まで一本道の一方通行なんです。ですから、途中に一箇所でも狭いところがあると、ご飯が通りにくくなるのです」

もともとものを教わっていた人間に、ものを教えるような言い方をするのは不思議な感じだ。

「ですから、いま」

先生は、と言いかけて口を止めた。

「入江さんは、大腸に大きな病気があって、それでご飯が食べにくいのです」

「うん、それで」

「それで……」

一瞬で話す内容を組み立てた。

「治療法は大きく三つあります。一つ目は、すぐに手術をして悪いところを全部取る方法。二つ目は」

そこまで言ったところで、入江が再び遮ってきた。

「詳しいことは今はいい。説明が欲しくなったら、またその時にこちらから言う。とにかく、食事を摂《と》れるようにしてくれ。すぐに手術をうける気はない」

一方的な物言いに感情が動くが、もちろん表情は変えない。

「わかりました。今日、入院はできますか？」

「そのつもりだ」

「では、準備しますのでまた待合でお待ちください」

手でドアのほうを促すと、入江は黙って出て行った。

どうにもやりにくい。しかし、一患者として他と同じように接するしかないのだ。

目の前の作業に集中する。

剣崎はマウスのカーソルを「緊急入院」にあわせると、クリックした。開かれた画面には、ずらりと入力項目が並ぶ。

病名、推定の入院日数、入院の目的、食事の形態、安静度は病室内・病棟内・院内フリー、バイタルサインの測定頻度……

こうして、入院中の患者のすべての行動を医師が決定していく。治療上必要であれば、24時間ベッド上にしかいられないようにして、食事を止めることも可能だ。そのような強権が、医学的妥当性のもと医師に与えられているのだ。高速でクリックとキータッチを行いながら、入江を見えない縄でがんじがらめにしているような心地がした。

縛られるのは患者だけではない。看護師をはじめとしたすべての病院スタッフは、あらゆる行為を「医師の指示のもと」行うのだ。それを一つでも逸脱すると、法で罰せられることになる。

指示を入れ終えると、今度は検査をオーダーする。まるでネットショッピングでもしているかのように、レントゲン、心電図、採血検査、CT検査、内視鏡検査を次々にクリックしていく。ワンクリックで放射線室や生理検査室に飛んだオーダーにより、看護師や技師たちが準備をし、患者はその部署へ出向いて検査を受けることになる。そして結果は瞬時にまた電子カルテに収載されるのだ。

あらゆる指示を出し、あらゆる結果を見て、最新の医学に照らしてその患者にとって最善の手を探す。医者の日常は、この行為の繰り返しなのである。

10分ほどかけて指示を入れ終えると、剣崎は立ち上がった。

＊

「ですから、入江さんが治るためには、この手術が必要なのです」

金曜日の夜9時。消灯時間を過ぎ、半分暗くなった病棟ナースステーションの隅のパソコンを前に、剣崎は病衣姿の入江に手術の説明をしていた。夜勤の時間帯に入っているからか、三人しかいない看護師は患者の元へと出払っていて、ほかには誰もいない。ただ時折、患者がナースコールを押した時に鳴る、玄関のチャイムのような音が響くだけである。

家族に来てもらって一緒に説明を、と再三告げてはいたが、断固として拒否したため本人一人への説明となった。ようやく看護師が聞き出したところでは、妻とはかなり前に離婚しており、娘は結婚して神奈川に住んでいるとのことだが長年連絡をとっていないという。一般的に、こういう重要な話をする際、本人だけに伝えることはまずない。重要な話なので複数人に聞いてもらって判断してもらうという意味のほかに、治療の結果容態が悪くなったり突然死亡した場合に、家族が「聞いていない」と主張するのを防ぐ意味合いもある。「ほとんどの医事紛争は説明不足から生まれる」と言っていたのは、いつかの外科学会に登壇した元裁判官であったと記憶している。

「そんな手術は受けん」

入江の反応は、想定内といえば想定内であった。

このような患者はこのような返答をする、というのは長年の医者生活でパターン認識をしている。手術を受けるというリスクは取りたくない、しかし今の不快な症状は早く除去せよ、という要求なのだ。

「手術で死ぬ可能性もあるっちゃろ?」

うす茶色の病衣に身を包んだ入江は、長年の体育教師生活のおかげか、背筋を伸ばしている。それでも、にじみ出る弱々しさは隠しきれていない。

「ええ、そうですが」

「もう後半残り5分、というかロスタイムなんやろ、俺は。やったらもうよかけん楽にしてくれ」

「残念ながら、楽にする、という方法は他にあまりないのです。人工肛門《こうもん》を作るだけの手術をすれば食事は摂れますが、出血は続きますので輸血し続けなければならず、しかもどうしようもない痛みが続きます」

入江はだまって剣崎を見ている。夏合宿でしごかれたときの表情だ。強い眼力に、思わず目をそらしたくなる。

「ともかく、入江さんはこの手術を受けなければ体重が減り続けますし、貧血も治ることはありません」

病衣の隙間《すきま》から、少し浮いた鎖骨《さこつ》と肋骨《ろっこつ》が見える。確実に、栄養の状態は極めて悪いのだ。

「骨盤内臓全摘術」の文字をさすボールペンの先が、コッコッと音を鳴らした。その隣には、「人工肛門が二つつきます」という剣崎の文字がある。

長い腕を組んで黙り込んだ元顧問を前に、剣崎は昨日の会議《カンファレンス》を思い出していた。

木曜日の朝8時すぎ。暗い会議室にずらりと並ぶのは外科医長の久米義春《よしはる》、そして中堅・若手外科医、さらにレジデントの外科医たち、研修医たちの20名ほどだ。ときどき参加する、元外科医の院長は不在だった。

暗い部屋のスクリーンにプロジェクターでカルテが投影されている。魚の小骨で小腸に孔《あな》があき腹膜炎で緊急手術となった、80歳男性の症例であった。

レジデントの発表が終わり、剣崎は司会でありながら手を挙げた。

「一例、ご相談です」

難症例や意見がわかれそうな患者の場合は、この会議に提出して医師たちの意見を仰ぐことになっていた。

「荒井、入江さんを出して」

そう小声で指示すると、パソコンの位置に座っていた後期研修医の荒井仁義がとてつもないスピードで画面をクリックし、またたく間に入江のカルテを表示させた。横目に見ながら発表《プレゼンテーション》を始める。

「78歳男性、進行直腸癌です。腹痛を主訴に前医を受診したのですが、ご本人希望あり当院を受診しました」

荒井がCT検査の画像を映し出す。黒い背景にうかび上がるように横長の輪切りされた胴体の画像が、白・黒・グレーに映し出される。

「うわ……」

後ろの若手医師からため息が漏れた。

「ご覧のように、肛門からの距離はまああるのですが、膀胱浸潤がしっかりとありまして精嚢《せいのう》も喰われています」

誰も何も発言をしない。剣崎は続けた。

「治療としては化学放射線療法《CRT》か、それとも最初から骨盤内臓全摘術《TPE》か、と考えておりますが、いかがでしょうか。耐術能《たいじゅつのう》（手術を受けられる体力）はあります」

やはり口を開く者はいない。

「78だろ」

静寂を破ったのは、足を組んで一番前に座っている医長の久米だった。

「遠隔転移《メタ》がないなら、まずは手術《オペ》だろ。ちっ」

吐き捨てるように言う。舌打ちをした理由はわからないが、とかく厄介なこの男が後々《のちのち》文句を言ってくる可能性はある。そういう意味でも、この会議に入江をかけたのであった。

「他にご意見ないようでしたら、久米先生のおっしゃるようにオペに……」

「おめえ、出来んのかよ」

久米が突っ込んできた。

「は？」

意味がわからない。久米は剣崎ではなく、スクリーン上のCT画像を見ながら言った。

「出来んのかって言ってんだ、骨盤内臓全摘術《TPE》」

「え？　ええ、まあ」

たしかに骨盤内臓全摘術は難易度の高い手術だ。直腸だけでなく膀胱・前立腺もすべて切除する、消化器外科では最も大きく時間もかかる術式である。しかし久米は、剣崎がこれまでに5例、この術式を執刀しているのを知っているはずだ。

「俺がやってやろうか」

そこまで言われて、はっと気がついた。この男は、骨盤内臓全摘術を執刀したという実績が欲しいのだ。しかし久米の技術では、到底やり切ることは不可能だろう。無理に行ったとしても、大出血を生じさせるか、夜中までの12時間以上の手術になってしまうのが関の山だ。

「実は、自分の知人でして」

これが一番、着地しやすい方法だろう。

「なんだよ、じゃあ先に言えよ」

つまらなそうに呟《つぶや》いた。これ以上は時間の無駄だ。またごね出す可能性もある。

「では、カンファレンスを終わります」

外科医たちがばらばらと立ち上がった。

入江は「とにかく、手術は受けん。でも、家に帰れるようにしろ」とひたすら繰り返す。

剣崎は静かに考えてみた。

説得などやめて、腫瘍は放置したまま人工肛門だけ作ってしまおうか。そうすれば3ヶ月くらいは食事が摂れるだろう。治癒の可能性はなくなるし、貧血でしばしば輸血が必要になり、膀胱に食い込んだ腫瘍のせいで尿路感染は繰り返すに違いない。そうであっても前医に返せば済む話だ。いや、待てよ……

「先生」

「ん？」

「覚えてますか、武草《ぶそう》高校との試合」

「武草？」

「はい。天皇杯で当たりましたよね。僕は高一で、センターバックでした」

かすかに上を見ると、少し考えてから入江は言った。

「雨の日の、ＰＫまでもつれたやつか？」

「そうです。僕らの実力では到底勝てっこない相手でした。神奈川県ベスト8を決める試合で、うちの高校でここまで進んだのは史上初だったと思います」

剣崎の頭には鮮やかな映像が蘇《よみがえ》ってきた。

「そう、前半を0《ゼロ》―0《ゼロ》で折り返したんです。めちゃくちゃ強くて、シュートなんて20本以上打たれたんです。僕とキーパーの剛崎《こわざき》で、フォワードの3番のすごいガタイの良い奴《やつ》をなんとか食い止めてました。こっちは1本もシュートが打てなかったような、防戦一方の試合でした」

「あ、ああ。よう覚えとる」

入江は顔をほころばせた。

「ハーフタイムになって、僕らは疲れ切っていました。もう、2試合やったあとくらいに。勝ち目はないし、いつ点を取られてもおかしくない状態でした。そしたら、先生が言ったんですよ。お前ら、これまでどれだけ走ってきたんだって。足では絶対に負けてない。これほど走るチームは他にないって。走って走って走り勝て。ぜったいに諦《あきら》めるなっておっしゃったんです。俺はこの試合、勝つと思ってるんだ、武草よりお前らのほうが強いとずっと思っているんだって」

入江は黙っている。

言いながら、右手を高く上げ、人差し指を一本立てるいつものジェスチャーを思い浮かべた。苦しいランの途中や、厳しい試合の間など、決まって入江はそうしたのだ。

それを見るたびに部員たちは鼓舞された。剣崎とて、カッと胸を熱くしたものだった。

「あの時、俺、本当に嬉しかったんです。たしかに走れた。もっともっと走れた。だけど、気持ちが折れかけてたんです。あの言葉で、俺たちはたしかに息を吹き返したんです。土砂降りだったから向こうのチームもうまくパスが繋《つな》げなくて、後半もしのぎきったんです」

「覚えてるよ。剛崎もお前も献身的によう動いとった」

「後半もけっきょく0《ゼロ》—0《ゼロ》で、PK戦になったんです。そこで俺は」

入江に両手で制された。

「啓介、お前んシュートは完璧《かんぺき》やった。あのコースだったら普通、プロでも止められん」

PK戦の最後に蹴《け》った剣崎のボールは、大雨のせいでぬかるんだ地面が角度を変えてしまい、わずかにゴールの外に逸《そ》れていったのであった。それが決勝点となり、チームは敗北したのだ。

「あれが俺ん監督人生ん中で一番苦しゅうて、一番よか試合やった」

「いまでも、たまに思い出すんです。あの最後のPKを。あれがうまく行ってれば、俺はサッカー部を辞めることはなかったのかなって」

入江はうつむいている。

「でも、ハーフタイムで、先生の言葉がなかったらきっとボロ負けだったと思います」

あの時、自分はたしかに入江を強く信じていた。同時に入江も部員を信じていた。傘もささず土砂降りの中で声を張り上げる顔が眼前の癌患者と重なる。

「先生、死なないでください」

入江は体をぴくりと動かした。

「手術をすれば、助かる可能性があります。でも、しなければどうやっても助からないんです」

視線は剣崎の膝《ひざ》あたりに向いたままだ。

「あの試合のとき、俺らを信じてくれたんじゃないんですか。勝てると思ったんじゃないんですか。だったら、今回も俺を信じてください。俺の手術を受けてください」

どちらも、何も言わなかった。若いナースが戻ってきて、点滴バッグを持つとまた出て行った。時折、ナースコールの音が響くのみだった。

しばらく黙っていた入江は、口を開けた。

「……すんなよ」

「え？」

「痛く、すんなよ」

「わかりました。なるべく痛くしないようにします！」

その後、入江は手術の同意書に達筆な字でサインをした。

＊

翌朝、剣崎が医局の共用パソコンでカルテを書いていると、後ろから声がかかった。

「早いんやな、今日は」

上下ブラックのスクラブ姿の松島だった。7時すぎ、まだ医局には若手医師くらいしか来ていない時間帯だ。

「あれ、まっちゃん、当直明け？」

「せや。えらい暇やったけどな」

そう言うと、あくびをしながら頭をかく。

「救急車一台、直接来院《チョクライ》も大物はなしや。ん、何見とるん？」

剣崎が出していたCT画像を覗《のぞ》き込む。

「ああ、こないだのカンファの骨盤内臓全摘術《TPE》の人か。しかしこれ、えらいこっちゃやなぁ。膀胱の浸潤もデカいし、ようこんなんなるまで我慢しとったわ」

「うん。それがさ、手術拒否だったんだ」

「じゃあ人工肛門《ストマ》作るだけ？」

「いや、それも嫌だって言っててさ」

「どないやねん。じゃあそのまま出血して死んでいくか、口から便吐くしかないやん」

　相変わらず口が悪いが、松島の言う通りだ。

「手術はしないが、症状は取れっていうんだよね」

「そうか……じゃあ、化学療法《ケモ》か放射線《ラディエーション》？　でもすぐ腸閉塞《ちょうへいそく》になるし、まあ意味ないわな。手術《オペ》一択やない？」

「じつは高校時代のサッカー部の顧問の先生でさ」

「そうなんや」

「うん。しかもわざわざ神奈川から頼ってきたのに、手術は受けたくないって」

「困ったじいさんやな」

「やっと説得したところなんだ。手術の説得なんて、嫌なもんだな」

「ま、剣崎先生なら余裕やろ」

なにが余裕なのかわからないが、おっしゃおっしゃ、と言いながら松島は上機嫌に去っていった。

＊

「お願いします。じゃあ、メス」

器械出しの看護師、小島《こじま》りさからメスを受け取り、へそ上からへそを渡ってまばらな陰毛のすぐ上までさっと切る。血が吹き出したと思ったら、あっという間に向かいに立つ松島がガーゼでおさえた。

「元気のない脂肪の色やな」

入江の手術が始まった。術式は骨盤内臓全摘術である。

とうもろこしの粒ほどの黄色い脂肪は、くすんだ色をしている。栄養状態がよくない証《あかし》だ。

「やっぱりあかんな、これは。しっかり膀胱に食いついとる」

ざらざらした表面の、まるでエイリアンの顔のような赤茶けた腫瘍が腸から発生し、隣の膀胱に浸潤している。一部削って取ったとしても、膀胱が小さくなりすぎてひどい頻尿症状が後遺症として残るだろう。やはり、膀胱は残せないのだ。

「そうだね。やっぱり骨盤内臓全摘術《TPE》じゃなきゃ切除は無理だ」

松島の前立ちで執刀する手術はあまりに快適だった。一流ホテルのレストランで、熟練のスタッフに席までエスコートしてもらい、丁寧なサービスを受けているかのようだ。腸へ向う血管を根元で切り、直腸をある程度授動《じゅどう》していく。次に恥骨《ちこつ》すぐ下の腹膜《ふくまく》を切り、膀胱をはがしていくと、いよいよ正念場になった。

「ここやな」

前立腺に達する前に、網目のようにはりめぐらされた静脈たちからなるサントリーニ静脈叢《そう》と呼ばれる、大出血の原因となりやすいところにさしかかった。

「バンチング鉗子《かんし》」

持つところは普通のハサミと同じような形状だが、先端が直径1センチの輪っか状になった、特殊な器械を手にする。

なんと言ってもこれは、サントリーニ静脈叢を止血するためだけに開発された道具なのだ。ここからの出血で死亡した患者は数知れず、過去に訴訟沙汰《ざた》になったこともある。腹腔鏡《ふくくうきょう》手術で、ここを無理に執刀して出血死させた執刀医は懲役2年、執行猶《ゆう》予《よ》4年ほどの判決であったと先月号の手術雑誌「DS外科医NOW」で読んだ。

ふと、真後ろから術野を覗き込む気配がして、剣崎は思わず振り返った。

「相変わらず早《はえ》えな」

外科医長の久米がそこにいた。足台《あしだい》に乗って、剣崎のすぐ耳元のあたりに顔を寄せている。集中力を必要とするこのタイミングで嫌な奴が現れた。

「ちゃんとやってんのかよ」

「ええ」

来るなりいきなり難癖をつけるのは、いつものことである。とはいえ久米は、滅多に剣崎の手術は見にこない。自分より上手《うま》いのが嫌なのか、そもそも興味がないのか。ロクに返事もせず、鉗子を握り直す。どこか手にしっくりこず、手の中でくるりと回す。こんな芸当ができるのは外科医くらいのものだ。

おもむろにバンチング鉗子で静脈叢を摑《つか》む。ここは恥骨のひさしと膀胱のせいで、はっきりと見えないところなのだ。

「0《ゼ》ー《ロ》バ《バ》イ《イ》クリル」

看護師から受け取った持《じ》針器《しんき》で、見えないところにがさっと針をかける。

「じゃ、お願い」

松島が糸を取り、結紮《けっさつ》の動きに入る。

縛ると同時に、バンチング鉗子が外れてしまった。滝のように血が流出する。

「えっ！」

「なんや！」

バンチング鉗子が外れただけで出血するのも不可解だが、どうして外れてしまったのか。もう一度摑み直そうと、鉗子をみると二本の金属がクロスする要《かなめ》のネジが緩んでいるではないか。

「これ、壊れてる！」

なんということだ。こんなことがあって良いのか。しかも、よりによってこの器械が……。

「ひとまず縛るで」

松島が高速で糸を操り、3回、4回と縛った。それでも血は止まらない。

「吸引《サクション》！」

思考が膠着《こうちゃく》しはじめる。なぜ、なぜなんだ。

「剣崎先生、ひとまずソフト凝固《ぎょうこ》で！」

松島が大きな声を出す。手を動かさないのを見かねたのだろうか。後ろの久米は何もいわず凝視している。久米の嫌がらせ？　いや、さすがにそこまではするまい。

「原因はええから、ひとまず止血《コントロール》や！」

バンチング鉗子は先端が鋭利なものではない。その先端で静脈を損傷してしまったのだろうか。そもそも、どうしてバンチング鉗子が壊れているのか。そして、持って嚙《か》ませたときになにも違和感を感じなかった俺の手の感覚は、大丈夫なのか。

吸引音が手術室に響いている。

「700……いや、800です！」

外回りの男性看護師が出血量を叫ぶ。

入江。高校時代の部活で、「血を吐くまで走れ」と命じたときの笑顔。熱中症で倒れた同級生に、後ろからふざけたような蹴りを食らわせた入江は、やはりその時も笑っていた。どういうわけかそんなシーンばかりを思い出していた。このままでは入江が死んでしまう。手を動かさねば、と思うが、どうにも動かない。

「剣崎先生！」

松島の大きな声が手術室を震わせた。

「あ……うん」

紅《あか》い血液は、まるで大雨のあと放流したダムのように止めどなく流れ続けている。

「あかん、俺やるで」

松島が小さく横に首を振り、言い放った。

「ツッペルか、いや3《サン》‐0《ゼロ》バイクリル、長い持針器につけて」

頭が回らない。ツッペルで押さえて止血するだけでもいいような気がするが、針で縫って止血してしまう方が早いかも知れない。

「まったくしょうがねえな、俺が手を洗ってきてやろうか？」

後ろから久米の声が聞こえる。

止血が完了したのは松島が噴き出る血の中で3針を縫い、出血量が2000ミリリットルにも達したのちのことだった。事態が収まると久米はつまらなそうに出て行った。

「まっちゃん、ありがと」

手術室入口近くにある更衣室で、松島と共に着替えていた。時計は夕方6時を回っている。

「ん」

こういうとき松島は余計なことを言わない。外科医がどれほど傷ついているか、それは外科医にしかわからないのだ。あのあと、5時間ほどで手術は終わった。大出血、そして大量輸血をしての手術だった。

結局、バンチング鉗子は経年劣化に伴いただ壊れていただけだった、と判明した。手術前に看護師が器械をチェックするのだが、その時には気づかなかったようだ。

手術着の紺色のズボンを下げる手が微《かす》かに震える。こんなことはいつ以来だろうか。激しい緊張と集中をしたあとは、神経と筋肉の協調がうまくいかないのだ。

黙々と着替えながら、考える。

入江の術後は、どうだろうか。あれほど大出血してしまったあとは、合併症が起きるリスクが跳ね上がる。ただでさえ低栄養の入江だ。この大きな侵襲《ダメージ》に耐えられるだろうか。

とにかく、やれることを淡々とやるのだ。恩師だろうが、遺恨のある相手だろうが、関係ない。私情を挟んだわけではないが、余計なことを考えると治療にろくなことはない。主治医として、ただ、全力を尽くすだけだ。

松島とほぼ同時に着替え終えると、無言のまま更衣室を出て入江の移された集中治療室へと向かった。

ＩＣＵのベッドに横たわっている入江の口には、人差し指ほどの太さの透明な気管挿管チューブが挿し込まれている。右の鼻の穴にはその半分ほどの太さの「経鼻胃管《けいびいかん》」というチューブが入っていた。大出血の後ではあるが、輸血のためかよく日に焼けた顔にはほのかに紅みがさしている。

「まずまずやな」

小さめのテレビほどの、モニター画面を見て松島が言った。

心拍数を示す「１０５」、体内の酸素飽和《ほうわ》度を示す「99％」という数値が黒いバックグラウンドに浮かび上がっている。

「うん」

白い掛け布団《ぶとん》の脇《わき》からベッドサイドに出た管《ドレーン》は、赤い内容物で染められていた。その先のバッグには、ピンク色の液体が３００ミリリットルほど溜《た》まっている。

手術後の患者を見るときに外科医がもっとも気にするのは、この管から出る液体の色と、バッグに溜まったその量なのだ。

「後《こう》出血もないみたいやし、どや？」

松島はにっと笑うと、右手でグラスを傾ける仕草をした。

「ごめん、今日はちょっと疲れたんだ」

本音だった。大手術で、しかも止血に難渋し、結局は友に任せっきりになってしまったのだ。複雑な感情を抱いた人間が相手ということで心が乱れていたのだろうか。

「念のため、今日は泊まるよ」

徒歩10分ほどの距離に住んではいるが、それでも一晩は見ておきたかった。

「せやな、昔の先生やもんな」

「いや、だからってわけじゃないけど」

「ま、じゃあ京子ちゃんでも誘ってぱーっとやってくるわ。あ、いつものことか」

かっかっか、と笑って松島は集中治療室から出て行った。

剣崎はしばらくモニターを見つめていた。その日は当直室で夜を過ごした。

＊

暗闇《くらやみ》の中、出血している血管を縫う。何度縫っても血管が裂け、そこから真っ赤な血が流れ出る。松島の「なにしとんのや！」という怒号。「心肺停止《アレスト》です！」という、麻酔科の瀧川京子の絶叫。どこからか聞こえる、久米の笑い声。とにかく縫わなければ。縫いさえすれば心臓は動くはずだ——。

はっと気づくと、暗闇のなかに剣崎はいた。今日の手術のようなリアルな夢。全身は強《こわ》ばり、背中は汗びっしょりだった。手術の夢を見ることはよくあるが、当日の手術のような情景が再現されることは滅多にない。

起き上がり、枕元《まくらもと》に置いた院内用PHSを見る。夜中の3時24分を示している。両手両足は、まるで大きな鎖をつけられたように重い。背中と腰は鉄板を入れられたように硬く感じる。

あれほどの長時間手術をやったのだ。途中で大出血もあった。これくらいの疲労は織り込み済みだったが、一瞬、自分はいつまでこれを続けられるのだろうか、という思いがよぎる。

大きく息を吐き、ゆっくり立ち上がると仮眠室のドアを開けた。薄暗いそこは医局の休憩スペースになっている。大きなテレビと、広いテーブルを囲むように四脚のソファが置かれている。

剣崎はテレビ脇の給水器から紙コップを一つ取り、水を入れた。指が冷える。

ごくり、と喉《のど》が鳴る音が、誰もいない医局に響く。

ふと、ICUに行ってみようと思った。なにか異常があったら看護師からPHSに連絡が来るはずだから、大丈夫なのだろう。それでも自分の目で直接見るまで安心できないのは、外科医の性《さが》だ。

集中治療室のドアが開くと、まるで深夜のコンビニエンスストアのような眩《まばゆ》いあかりに、目がくらんだ。

「あ、先生お疲れ様です」

「お疲れ様」

ベッドが6台平行に置かれている。入り口から二つ目のベッドの前に座ってパソコンをいじっていた、男性看護師に声をかけた。

患者である入江一蔵は、こんこんと眠っていた。口から入れられたチューブはベッドサイドの人工呼吸器につなげられ、定期的に酸素混じりの気体を肺に入れては出している。人工呼吸器に示された10個ほどの数値が緑色に光っている。ざっと見るが、問題はなさそうだ。

深く窪《くぼ》んだ眼窩《がんか》の奥に閉じられた上下の瞼《まぶた》は、入江のこれまでの人生を物語っているようだ。頑固で一本気。昔気質《むかしかたぎ》。ときに嗜虐《しぎゃく》的。こんな風に昔の顧問を見下ろすというのはおかしなものだ、と剣崎は思った。ざまあみろ、などと優位に立つような気持ちはない。しかし、他の患者とは違う。うまくゆくことを祈りながらも、反発した学生時代の感情が心の底にこびりついている。

いつまでも見ていても仕方がない。明後日は外来診察の日だ。早めに休まなければ。
剣崎はふっと息を吐くと集中治療室をあとにした。

＊

朝9時から始まった外来診察は忙しかった。30分の枠に4人の患者が詰め込まれている。26人の予約があった上に、「当日予約」と呼ばれる飛び込み患者が二人加わった。

外科医の外来には、さまざまな患者が来院する。大腸癌、胃癌、肝臓癌などの手術後、定期的に採血検査やCT検査で再発がないか監視している患者。不幸にして手術後数年で再発してしまったか、初めから他の臓器に転移があり、3週間おきに抗がん剤治療を通院で行っている患者。研修医か若い救急医に救急外来で下手に縫われてしまった外傷の患者。原因がはっきりしない腹痛で、消化器内科医に匙《さじ》を投げられた患者。他の科で治療中、消化器に異常が見つかりそちらの主治医から相談になった「他科コンサルト」の患者。そして入江のように、他の病院からの紹介で来院した癌患者。
消化器という一つの領域だけを担当していても、なんとこの世には多くの病気があるものか、と思う。そして外科医は、すべての患者に人体の構造と機能、現在発生している異常とそれが引き起こす症状を説明し、対処法をいくつか提示した上で選択をさせ、改善した場合とそうでない場合のプランを示さねばならないのだ。よく知る患者であればものの2分で診察は終わるが、それに加えてパソコン操作がある。次回の外来予約、検査の申し込み、カルテの記載、薬の処方、紹介状の返書。とうてい10分では終わらない。最長の待ち時間は1時間20分に達した。

この日、剣崎が最後の患者を診終わった頃には、13時を回っていた。

集中力が解けていくとともに、空腹が顔を出してくる。院内食堂でカツカレーでも食べるか、と思いつつ、足は自然に集中治療室へと向かっていた。

朝一番に気管挿管のチューブを抜き、人工呼吸器を外す「抜管《ばっかん》」をしておくように荒井に指示していた通り、入江は抜管されていた。少し起こされたベッドの上で目をつぶっている。

「わかりますか」

そっと声をかける。入江はゆっくりと目を開けた。

「……ああ」

傷が痛むのか、少し顔をしかめる。

「どうですか」

入江はその巨体に似合わぬ弱々しい咳払《せきばら》いをした。

「痛か」

大きな傷であったから、痛み止めが足りていない可能性もある。剣崎はちらと点滴の台につけられた鎮痛剤の注射器に目をやった。

「痛み止め、増やしますね」

シリンジポンプと呼ばれる、装着された注射器からゆっくり薬液を点滴に入れていく機械のボタンを押し、鎮痛剤の流量を増やす。医療用の麻薬、フェンタニルだ。

返事はなく、再度目を閉じたので、そっとベッドサイドから離れた。

足元近くにあった、ノートパソコンの前に座る。ログインして、カルテを開いた。午前中の尿量や体温、酸素飽和度などの数値をチェックしたかったのだ。

5分ほど経過したその時だった。

「……おい……剣崎……剣崎」

しゃがれてはいるが、しっかりした声で入江が呼ぶではないか。剣崎はすぐ立ち上がると再びベッドサイドに行き、入江の顔を見た。

「うまく行ったんやろな」

「え、あ、はい」

教え子の言葉に満足したように、目を閉じる。

「出血量がかさんでしまって、たくさん輸血してしまいました。すみません」

「そんなんよか。生きてりゃよか」

「すみません」

ベッドから離れようとすると、入江がまた言葉を発した。

「俺は、お前ば信頼しとう」

「え？」

振り返ると、思わず聞き返す。

「お前を買っているんだ。あれくらい、真剣に走る男やったら手術も上手《うま》かに違いなかと」

目を瞑《つむ》ったまま、ぼそぼそと語っている。

「やけん、わざわざお前のいる病院を探して、ここに来れるように手紙ば書いてもろうたんや」

「そうだったんですか」

入江は目を開けると、かすかに笑顔を作った。腹部の手術後に笑うと傷が激しく痛む。そのためだろうか。無言で右手をゆっくり上げると、人差し指を立てた。

「あの……そこまで信頼して下さって……ありがとうございます」

そう言って、頭を下げた。

ベッドから離れつつ、意外な告白に驚いていた。再び眠ってしまったようで、すぐに寝息が聞こえてくる。

それからしばらく、ベッドサイドで担当医として入江の今後の治療方針について頭をめぐらせていた。

＊

翌朝5時半。妙に早く目が覚めてしまった剣崎はさっさと支度をすると、徒歩10分の通勤路を歩いて病院に着いた。医局で白衣に着替えると、真っ先に集中治療室へと向かう。

集中治療室はいつものようにモニター音ばかりが聞こえている。

入江のベッドサイドにつき、画面に目をやる。

「あれ?」

酸素飽和度が90%と表示されているのだ。流している酸素の濃度を考えると、98%から100%は欲しい。看護師は気づいていないようで、隣のベッドの患者の体位交換などをしている。

入江の顔を見た。眉間《みけん》には皺《しわ》がより、やや苦しそうだ。酸素を現在の4リットルから8リットルにまで上げてみる。30秒ほどそのまま見ていても、酸素飽和度は上がってこない。

何かが起きている。

「入江先生、大丈夫ですか?」

「なんか、苦しい」

息も絶え絶えという発声である。なぜこんな状態なのに呼ばれなかったのだろうか。

「看護師さん、動脈血ガス《ガス》取って」

「はーい、わかりました」

あっけらかんとした返事が来る。若い女性看護師だ。

剣崎は仁王立ちのまま、首をひねった。酸素の取り込みが悪い。体内で良くないことが起きているのだ。連絡がこなかったということは、短時間でこの呼吸状態に陥ったのだろう。

肺に問題があるとしたら、肺炎か、肺塞栓症《はいそくせん》という可能性がある。他にはどんなケースが考えられるだろうか。お腹《なか》が張っているために胸が膨らまず、呼吸状態が悪くなるケースはある。再出血もありうるが、そうであるならばお腹に入れてある管《ドレーン》から赤い血液がたくさん出てきていなければならない。

入江の病衣をはだけさせ、観察する。腹が張っている様子はないし、管《ドレーン》から出る液体の色も薄い黄色、つまり正常だ。

溜息《ためいき》を吐《つ》いている剣崎の隣で、看護師が動脈血を採取し、検査機械に持っていった。

肺炎だとしたら痰《たん》が増えることはあるかもしれない。心不全という可能性もなくはないが、手術前の検査ではそれほど心機能は悪くなかったから考えにくい。

「先生、これ」

数分後、細身の看護師がレシートのような小さい紙を差し出した。ざっと目を通す。

やはり、明らかに酸素化が悪い。肺に異変が起きているのだ。

「酸素飽和度《サチュレーション》、いつから悪いの？」

剣崎の後ろで指示を待っていた看護師が答えた。

「すいません、気づかなくて……。さっき過去記録《トレンド》を見たら、10分前くらいから下がり始めていました」

続けて問う前に、看護師は焦《あせ》った口調で続ける。

「5時半くらいに一度、少し呼吸回数が増えていたので荒井先生にご連絡をしたのですが、『様子見で良い』と言われて……」

「荒井は来たの？」

「いえ、いらっしゃいませんでした」

「来なかった？」

剣崎の強い語気に早くも泣きそうな顔をしている。新人がここに配属されることはないが、まだ3年目くらいだろうか。ナース服の上からでも、かなり痩《や》せているのがわかるほどだ。

「はい」

この看護師を咎《とが》めても仕方がない。剣崎はポケットからPHSを出すと、荒井に電話をかけた。

5コール鳴らすが、出ない。まだ登院していないのだろうか。

ともかく、検査、そして治療をただちに始めなければならない。

＊

「先生、本当に申し訳ありませんでした！　朝は来ていたのですが、救急外来《キューガイ》に呼ばれておりまして処置が終わりませんで、参れませんでした」

30分後、土下座せんばかりに頭を下げる荒井は、マスクまで汗でびっしょり濡《ぬ》らしている。医師4年目、外科修業中で筋トレマニアの荒井である。

「いいよいいよ」

集中治療室のナースステーションで、モニターを睨《にら》みつける。そこには撮ったばかりの入江のCT画像が表示されていた。

「ひどいな。真っ白だ」

CTでは普通、正常な肺は真っ黒に映り、その中に気管や血管が白く映し出される。まるで夏の夜空のように見えるのだ。

しかし、入江のCT画像は違った。牛乳をこぼしてしまったかのように、肺が白くべったりと映し出されている。

「これ、重症の肺炎でしょうか」

切り替えの早い荒井が、不敵な笑みを浮かべながら中指で眼鏡を押し上げた。

「うん、というかもはや急性呼吸窮迫症候群《ARDS》だな」

口にしてから、剣崎はぞっとした。急性呼吸窮迫症候群《ARDS》に陥り、助かった患者は二人に一人もいないのではなかろうか？

肺炎などをきっかけにして、肺が水浸しになってしまう。致死率は高く、原因を取り除かなければまず治らない。これが急性呼吸窮迫症候群《ARDS》の特徴である。

「とりあえず、やれる治療をすべてやろう。気管挿管からだ」

「はい、承知いたしました」

改善が乏しければいずれ気管切開の手術も必要になろう。

「そういえば、ご家族は」

家族に説明をせねばならない。しかし、手術の説明の時ですら誰も呼べなかったのだ。はたして、来てくれる者などいるのだろうか。万が一の時のことだって考えなければならない。

苛《いら》つきながら強くクリックし、電子カルテの中の家族連絡先のところを表示させた。

キーパーソンの続柄には「姪《めい》」とあり、「田山芳恵《たやまよしえ》」と名が記載されている。

「姪だって？」

思わず声に出してしまった。手術の前に頑《かたく》なに家族を呼ぼうとしなかった入江の姿を思い出す。

病院におけるキーパーソンは実質的に一番患者の面倒を見ており、かつもっともしっかりした者がなる。配偶者や親、子、あるいは兄弟などが担《にな》うことが多い。姪、つまり入江の兄弟姉妹の娘がキーパーソンというのは、わりと珍しいのだ。

ともあれ、ここで考えていても仕方がない。時間的余裕はないのだ。まず0を押し、それからカルテに書かれた番号をプッシュする。

1コール、2コール……。

剣崎はちらっと壁にかけられた時計に目をやった。6時半を少し回ったところだ。

5コールして、やっと電話に出た。

「もしもし」

「すみません、麻布中央病院外科の剣崎と申しますが、入江一蔵さんの姪御さんの田山さんでいらっしゃいますか?」

「……どちら?」

「麻布中央病院の医師の剣崎と申します」

しばらく無言であった。こういう反応はそれほど珍しくない。いきなり病院の医者から電話が来たら驚くというものだ。入江がこの姪に病気であることすら伝えていなかった可能性もある。医師ならば、そういうケースが珍しくないことも知っている。

「……ええと、なんの用です？」

怪訝《けげん》な声で尋ねてきたので、剣崎は入江の病状と、手術をしたこと、大出血であったこと、その後の経過があまり良くないことを丁寧に説明した。

「癌だとは知ってました。まだくたばってなかったんですね」

一通り話を聞いたあとの反応に驚いた。なんということを口にするのだ。

「そういうわけで、とにかく一度、病院に来ていただけませんでしょうか」

「わかりました、今から行くんで1時間くらいはかかりますよ。はあ、電車代請求しよ」

1時間待っていては、呼吸停止に陥るかもしれない。

「でしたら、今このお電話で、人工呼吸器を装着することに同意いただけますか？到着に間に合わない可能性があります」

「え、そんなに悪いんですか？」

「はい、正直に申し上げて、危機的です。眠り薬を使って眠ってもらい、口からチューブを入れて人工呼吸をしたいんです」

「わかりました、なるべく急ぎます」

真剣な声でそう応《こた》えた。

電話を切ってから、剣崎は再び入江のCT画像を一通り見て、入江の元に戻った。すでに荒井が頭側《とうそく》に立ち、挿管のスタンバイをしている。ベッドサイドに置かれた処置台には、死神の持つ鎌《かま》のような形状で銀色に光る喉頭鏡《こうとうきょう》、人差し指ほどの太さで30センチはある透明な挿管チューブ、そのチューブ内に入れられた銀色の棒であるスタイレット、緑色の注射器《シリンジ》、固定用テープが置かれている。泣きっ面《つら》をしていた看護師がてきぱきと準備してくれたようだ。あとは、鎮静剤を点滴ルートから静脈注射《iv》するだけだ。薬剤も注射器《シリンジ》に吸われている。

「じゃあ、挿管しよう」

直前だが、本人に説明せねばならない。CTが終わった時よりも、さらに入江の呼吸は促迫し、苦悶《くもん》の表情を浮かべている。

「入江先生、今から、鎮静剤を使って眠ります。それから、口からチューブを入れて人工呼吸器で治療します」

耳元で喋《しゃべ》る剣崎に、入江はせわしなく息をしながらも微かに目を向け、にやっと笑い返したように見えた。

「先生」

ここまで急速に悪化しているのだ、チューブが抜ける保証はまったくない。これが最後の会話になるかもしれない。そう思うが、何を伝えればいいかわからず、顔を近づけたまま黙って見ていた。

すると、入江の右手がゆっくりと上がり、わずかに人差し指を立てた。言葉は発せないが、ジェスチャーならできるのだろう。

「先生！」

手を握りたい、と思った。しかし、後輩医師や看護師もいる手前、感情を露《あら》わにすることなどできない。

「大丈夫です、大丈夫ですから」

自分に言い聞かせるように剣崎は言うと、鎮静剤を注入した。

すぐに手は落ち、ほんの5秒ほどで入江は目を閉じた。呼吸はほぼ止まったようだ。

「荒井、マスク換気」

荒井が、入江の顔半分を覆《おお》うほどの大きなマスクを左手で持つと顔に当て、右手はラグビーボールのような空気バルーンを揉《も》み出した。

すぐに呼吸は停止したようだ。

「1分くらいしっかり酸素化したら、挿管しよう」

「かしこまりました」

荒井がバルーンを揉むと、入江の胸がぐっと上がる。そしてバルーンが膨らむと、入江の胸も下がった。

表情がすっと落ち着いた。その様子に、むしろ嫌な予感を覚えた。

「じゃあ挿管します」

荒井が首尾よく入江の口を開けると、喉頭鏡の銀のブレードを口に入れる。

「チューブ」

隣の看護師がさっと手渡す。

「入りました。スタイレット、抜いて」

聴診器を耳につけた荒井が、入江の胸に当てて確認する。きちんと気管に入っていれば肺に空気が流れる音がする。それで挿管が成功したか否《いな》かを判定するのだ。

「オッケーです」

「うん」

それからは看護師がチューブをテープで固定し、荒井が滞りなく人工呼吸器の設定をしていった。すべてが順調に進んでいた。

剣崎は改めて入江の顔を見た。

口から人差し指ほどの太さの透明なチューブが入れられ、鼻からはそれより一回り細い管が入っている。

肺がすっかり水浸しになってしまい、唯一《ゆいいつ》の拠《よ》りどころである姪からもあんなことを言われてしまった入江。教師を辞めた後、孤独な人生を歩んできたのだろう。それで、学生時代のつながりを求めてわざわざ遠いこの病院まで現れたのだろうか。

そう思うと、「入江さん」などと呼んでいたのは悪かったような気もする。先生、先生となつくようなことはしなくとも、懐《なつ》かしそうな顔の一つも見せればよかったのかもしれない。いや、そんなことをしていては冷静に治療ができない。これで、きっと良かったのだ。

＊

「先生、入江さんの姪御さんがお見えです」

集中治療室のナースステーションで明日の手術患者のＣＴ画像を見ていた剣崎に、先ほどの若い看護師が声をかけてきた。

「ああ、入ってもらってください」

姪はすぐにやってきた。背の低い丸顔におかっぱ頭のその中年女性は、茶色いジャンパーの下に黒いズボンを穿《は》いている。背中には大きめのリュックだ。

「先生、すいません遅くなっちゃって」

開口一番、そう言いながら入江のベッドへずかずかと近づいていった。

「あ、いえ、まずはこちらで説明を」

看護師に促され、田山芳恵はリュックを前に抱えると剣崎が操作しているパソコンモニター前の丸椅《まるいす》子に座った。

「ええと、入江さんの姪御さん」

「はい、まあ一応」

「田山芳恵さんですね」

剣崎の目は見ずに、面倒くさそうにこくんと頷《うなず》いた。

「電話でもお伝えしたように、入江さんは大きな手術のときに大出血をされて、その後肺が非常に悪い状態になっています。急性呼吸窮迫症候群《ARDS》というもので、肺が水浸しになってうまく息ができないようなものです」

リュックを抱えた手がもぞもぞと金具をいじっている。ずいぶん古そうなリュックサックだ。

「集中治療をしていますが、状況はあまり良くありません。いまからステロイドという薬を注射して、肺の腫《は》れをひかせつつ、人工呼吸器で酸素を大量に投与していきます」

「結局、治るんですか？　治らないんですか？」

外科医をやっているとよく聞かれる質問だ。これしきで動じるようなことはない。

「治療に身体《からだ》が反応してくれれば治ります。しかし、反応が悪ければ、このまま口からの管が抜けずに、意識も戻らず亡《な》くなります」

「……治るんですか？」

「私の経験上、二人に一人くらいしか治りません。かなり厳しい状況だと思います」

「わかりました。よろしくお願いします」

ペコリと素直に頭を下げたのは剣崎にとって意外だった。

すっくと立ち上がると、入江のベッドサイドに向かう。

「叔父さん、ほら何やってんの！　早く元気になりなよ！　まったく、こんなときまで迷惑ばっかりかけて、しょうがないんだから。先生が頑張ってくれるってよ！　ちゃんとしっかりやんなよね！」

そう言うと、眠る入江の肩を強く3回叩《たた》いた。

ちょっと、と剣崎が注意しようとすると、

「先生、じゃあお願いします」

と一礼し、さっさと部屋から出て行ってしまった。

「なんなんだ、一体」

「変わった人ですね」

後ろから、看護師が応答する。

「挿管チューブ、ずれてないか確認しておいて」

「はい、承知しました」

看護師が手袋をつけてチューブ固定を確認している。

剣崎は先ほどのパソコンのところへ戻ると、会話の内容をカルテに書きはじめた。

口は悪いが、愛情はある。そんな感じの姪っ子であった。

学生時代の入江には、威圧的で、生徒はおろか他の教師でさえも口を出せないような雰囲気があった。そういう入江を思春期の自分は感情的に拒否するに至ったが、体育の授業ですべてのクラスのランニングに一緒について走る姿を授業中の窓から見たときには、尊敬の念のようなものが芽生えたことだってあったのだ。

1クラスにつきグラウンドを20周走る授業があった。学年で6クラス、すべて生徒と一緒にかけ声を出しながら走っていたのだ。考えてみれば驚異的な体力だ。根は実直な人間だったのかもしれない。

そんなことを思い出しているうちにも、容体は刻一刻と悪くなる。ベッドサイドの細長い点滴架台にぶら下げられた小さな点滴のバッグから、ぽたり、と薬液が落ちる。体内へ入ると、瞬時に血流に乗り全身にめぐる。その時間、わずか5秒。それからすべての臓器に染《し》み入るように、薬が入っていく。血管を経由して、肺をじっとりと湿らせる。そうして目に見えぬ大きさの、炎症性サイトカインをおさえにかかるのだ。

五分五分《ごぶごぶ》とは言ったが、もっと厳しいかもしれない、と剣崎は思った。自分のメスで患者が死ぬ。そんな経験は、これまでに何度もしてきた。入江が死ぬか生きるかは、もはや本人の生命力次第だ。無責任のような気もするが、他にやれることがないのだ。なんという無力。メスで人を治すなど、とんでもない。なにもしなかったら入江はあと3ヶ月は生きたのではないか。自分のメスが、この苦境を作り出したのだ。そのことからだけは、決して逃げてはならない。

入江の右手がかすかに上がった。点滴の管も一緒に持ち上がる。

「あれ？　ちゃんと鎮静剤行ってる？」

点滴ルートに薬剤を一定の速度で注入するシリンジポンプを見ると、きちんと入っている。大人ひとりを眠らせる量が入っている。

見ているとすぐに手は下がった。

「いまの、見た？」

後ろでパソコンを叩き電子カルテに記録していた看護師に尋ねる。

「え？　すいません、なんかありました？」

「いや、手が動いた気がしたんだ」

「ホントですか」

看護師がかけ布団をめくり、手を確認している。

「いや、どうもないですよ。力も入っていませんし」

「そうだよね。勘違いかな。ごめん、いいんだ」

もしかして、入江が自分になにか伝えたくて、手を動かしたのではないか。恨み節か、お礼なのかはわからない。医学的には、深い鎮静状態にある入江が手を動かすことはほぼありえない。しかし、医学を超えたなにかが起きたのではないか。

そんなことを考えるには、自分は経験を積みすぎている、と剣崎は思った。青臭い、下らない妄想だ。いかにも能力の低い医者が抱《いだ》きそうなものだ。

でも、たしかに見えたのだ。

なんの意思表示かはわからない。もしかしたら、入江からメッセージを受け取りたいという気持ちが幻覚を見せたのだろうか。

だとしたら、自分は外科医失格だな。剣崎は小さく苦笑した。

「厳しいじゃねえか」

いつの間にか後ろに立っていたのは、外科医長の久米であった。

「久米先生」

どうしてこんなところに、と言いかけて剣崎は口をつぐんだ。集中治療室に、他の外科患者はいない。ということは、入江の様子を見にきたのだ。もちろん見てはいけないという法はないが、主治医制というシステムでは、入江の治療の全責任と方針決定権を剣崎が持つ。従って、他の医師が口を出してくることはない。

つまり、冷やかしに来たのだろう。嫌な奴《やつ》が嫌なタイミングで現れたものだ、と剣崎は思った。

「やれることは全部やってんのか」

思いのほか穏やかな口調で問うてくる。

「え、ええ」

本能的に身構えてしまう。

「きついんだよ、知り合いの手術《オペ》を執刀《や》するってのは」

意外だった。この男からこんな言葉を聞くのは初めてではないか。

返事を待たず、久米は続けた。

「俺も高校の恩師をやったことがあってな。胃《マーゲン》だったが、縫合不全《リーク》と膵液漏《すいえきろう》で死《ステ》んだ。ひどい進行癌でな、リンパ節を無理に取りに行ったんだ。わざわざ俺を頼ってくれたから治したいなんて思ってな。裏目に出たんだ。ま、頑張れや」

それだけ言うと、久米は去っていった。

事あるごとに嫌がらせをしてくるあの久米に労《いたわ》ってもらったのは初めてだ。恩師の治療という行為には魔物が潜むのかもしれない。

剣崎は身震いをおさえて、歩き出した。

深夜の集中治療室は白色光に照らされて明るい。その明るさはまさに人工的で、人間的なあたたかみというものを一切感じさせない。剣崎がこの照度に不快を覚えるのは、単に夜中なのに明るすぎるからなのか、この部屋にいい思い出がないからなのかはわからない。

あのあと呼吸状態が少しずつ悪くなり、そのまま病院の仮眠室に泊まっていた剣崎のPHSが鳴ったのが深夜3時過ぎのことだった。2時はまだ夜だが、4時はもう朝の手前だ。深夜3時はもっとも夜の深いところである。この時間帯だけは、いつも憂《ゆう》鬱《うつ》になる。

看護師からの「呼吸状態が悪化しています」という電話に飛び起き、小走りでここまで来た。寝付いたばかりだったが、思いのほか目はすぐに覚めた。

入江のベッドサイドには、年配の女性看護師が待ち受けていた。白髪混じりの髪は短く後ろでまとめられている。小柄で痩せているが、弱々しくはない。四角い銀縁の眼鏡が、雰囲気によく似合っている。あまり見たことはない人だ。胸の名札には「黒《くろ》田《だ》」とある。

「先生、遅くに申し訳ありません」

いかにもベテランといった体《てい》で、まず医師に詫《わ》びる台詞《せりふ》にも年季が感じられる。コメディカルをとりまく文化はかつてそういうものだったのだろう、何一つ悪くなくとも、ひとまず医師には礼を尽くすというスタイルを保っている。

「それで、10分前から酸素飽和度《サチュレーション》が下がってまいりまして」

「ああ」

ざっとモニターに目をやる。酸素飽和度は86％と表示されている。入江は深く鎮静されており、表情に変わりはない。

「酸素をどんどん上げたのですが、酸素飽和度《サチュレーション》は上がりませんで」

「そうですか。血圧も、これくらい？」

血圧は83／45と表示されている。かなり低めだ。

「はい、そうです。昇圧剤もマックスで行っています」

「だよね」

わかっていながら、念のために、確認をする。

「じゃあご家族を」

呼んでもらえますか、と言う前に、

「先ほどお電話いたしまして、もうすぐ到着されるとのことでした。お近くに待機しておられたようで」

静かな集中治療室では、ほかに5人ほどの患者が音も立てずに寝ている。眠らされている、と言った方が正しいかもしれない。時折聞こえるのは、人工呼吸器やモニターのアラームだけだ。2、3人の看護師がいるが、それぞれ別の作業に没頭している。

いよいよ、厳しいか。ここまで急激に呼吸が悪くなるとは、あまり想像をしていなかった。いや、正確に言えば予想はしていたが、想像したくなかったのだ。

このままいくと、どうなるだろうか。

じわじわと酸素飽和度が下がる。つまり、体の中の酸素が減っていく。プールで長い潜水を行っているかのように胸が苦しくなり、心拍数が上がる。心臓を速く動かすことで、なんとか代償しようとするのだ。しかしそれも追いつかない。やがて脳が少しずつ死んでいく。呼吸は止まらない。人工呼吸器で強制的に息を吸わせ、息を吐かせているからだ。

そのうちに血圧が下がるだろう。これ以上血圧を上げる薬はない。そして――

「先生、ご家族がお見えです」

看護師が、声をかけてきた。田山芳恵を後ろに伴っている。

「すいません、夜遅くまで」

そう言いながら、入江のベッドへ近づいた。ちらと顔を覗《のぞ》き込むと、剣崎のもとへ戻ってきた。黒いズボンに茶色のジャンパー姿は、前回と同じである。表情からはやや焦燥を感じる。

「では、こちらへ」

電子カルテのモニターの前に誘《いざな》う。

「その後、だんだん酸素の数値が悪くなってきていまして。徐々に血圧も下がっていま す。残念ながら、他に打つ手はありません。このままいくと、数時間以内には心停止になります」

一気に言ってしまってから、気付かれぬようふうっと息を吐いた。

「そうなんですね。なんかもう、顔見たらダメですもんね」

言葉は悪いが、鋭い指摘に思わずひるむ。

「申し訳ありません」

「いやいやいや、謝ることなんて。ここまで悪くなってから病院に来た叔父さんが悪いんですから」

そうだ。あの話をしなければならない。

「一つ、大切なお話があります」

唾《つば》を飲み込んで、剣崎は続けた。

「もし心停止になったら、どうするかということです。蘇生《そせい》行為と呼ばれる、心臓マッサージなどの処置がありまして」

「あ、そういうのなしでいいんです。叔父さん、そういう中途半端《はんぱ》なの嫌いだから。どうせやっても助からないでしょ？」

「……はい」

「じゃあ、なしでお願いします」

ある程度予期していた答えではあった。入江は手術後の合併症による生命の危機にある。通常そのような場合は、心停止や呼吸停止のときには蘇生行為をフルに行う。しかし家族の意思が最優先されるのは、間違いない。

できればやらせてください。そんな台詞が頭に浮かぶと同時に、なぜそんなことを思うのか疑問に思う。

そもそもが無理な手術だったのだ。そして、やはり大出血をしてしまった。もともとの担癌《たんがん》状態による体力低下に、大出血が最後の一押しをしてしまったのだろう。自らの判断ミス、手術での出血という一連の悪手《あくしゅ》を挽回《ばんかい》したいから、蘇生行為を行いたいのだろうか。会議《カンファレンス》で何を言われるかわからないから、蘇生を試みたいのだろうか。いや、そんなことはない、と思い直す。

では、濃密な時間を共にした人間だから私情が紛れ込んでしまったのか。自分にもよくわからない。プラスにも、マイナスにもならないよう、心の距離を置いて治療をしてきたつもりだ。

「わかりました」

絞り出すように応じた。これで入江は蘇生行為をしない、いわゆるＤＮＡＲ（Do Not Attempt Resuscitation）となった。

聴き慣れた、あのアラーム音が耳に入ってきた。

リリリリン　リリリリリン

「心停止《アレスト》？」

剣崎は立ち上がるとベッドサイドにかけつける。つられて芳恵も立ち上がった。

「心室細動《ブイエフ》です。先生、心臓マッサージ《心マ》しますか？」

ベテランナースに落ち着いた口調で尋ねられた。なぜこんなに早いのだ。見立てでは、最低でも3時間ほどは持つはずだった。蘇生行為についての話を終えた瞬間に急変するとは。

「しよう」

そう言ってから、すぐ打ち消した。

「いや、ＤＮＡＲだ」

「承知いたしました」

「どうしたんです？　もしかして？」

芳恵が悲痛な声を上げた。

「心停止です。いま心臓は震えているだけで、有効な動きをしていません。実質、停まっているのと同じ状態です」

そう告げると、剣崎はモニターのアラームを消すボタンを押した。けたたましいアラーム音が止《や》む。

「えっ、マジで言ってんの。やっぱり、やっぱりやってよ！」

「え？」

「心臓マッサージやって！　お願い！　私もやるから！」

「ええっ？」

こんなことを言われた経験はない。

「やり方教えてよ！　早く！」

看護師も、慌《あわ》ててなだめにかかっている。

「いえ、これはちょっとさすがに無理じゃ……」

「何言ってんのよ、わたし叔父さんの家族なのよ！　いいじゃない！」

剣崎の白衣をつかんで、すごい剣幕で訴えている。目には涙を浮かべているではないか。

どうすべきか。時間的猶予《ゆうよ》はない。彼女の言うことに一理はある。しかし家族に心臓マッサージをやらせるなど聞いたことがない。これが高度な医療行為だとすれば、病院でそれを家族にさせることには問題があるのではないか。自分の立場が危うくなるかもしれない。そもそも、入江に電気ショック《除細動》をかける必要があるかもしれないのだ。幾多の懸念《けねん》が一気に襲いかかる。

「それは無理です」

「なんで無理なの」

俺は常識に囚《とら》われているだけではないか。入江と彼女にとって、何がベストなんだ。ぼんやり考えている時間はない。

剣崎は、かたく目を瞑ると、「自らの良心に従え」と念じた。

「まず私がやりますので見ていてください。看護師さん、背板《せいた》、入れてください。足《あし》台《だい》も欲しい」

早口で告げる剣崎に黒田は戸惑いながらも、あっと言う間に準備をしてくれた。いつの間にか、もう一人若い看護師も手助けしてくれている。

剣崎は入江の病衣の胸をはだけさせた。

「ここを、押すんです。強く。いきますよ」

イチ、ニイ、サン、シ、と言いながら胸を両手で押していく。左手を広げて胸につけ、右手は左手背《しゅはい》を上から握るようにして両手の力を一箇所にこめる。リズム良く、胸が半分くらいの高さになるまでしっかりと凹《へこ》むようにだ。いつだったか、この1分間に100回というテンポを、アンパンマンのテーマ曲でやるとキープしやすいと聞いたことがある。それ以来、ずっと脳内で再生しながら押しているのだ。

危機的なシチュエーションに牧歌的なメロディが、むしろ心を落ち着かせる。

ぐき、ぐき、と手に肋骨《ろっこつ》の折れる感覚が伝わる。構わず続ける。

さて、いつ交替するべきか。看護師の戸惑う気配が背後から伝わる。

胸を押す。その向こうの、りんごほどの大きさの臓器を押す。心臓は袋状になっているから、しっかり押して中の血液を駆出《くしゅつ》させ、離したときに広がる力で血液を呼び込む。そうして一瞬で充満した血液を、また押して脳に届かせるのだ。あまり知られてはいないが、心臓マッサージとは脳の保護のためのものなのである。脳に血が巡らなければ、患者は低酸素脳症に陥り、すぐに死亡する。

これまで幾人の胸を押してきたのだ。そしてそのうち幾人を救命できたというのだ。

押す手首が痛み出す。剣崎の両肩が軋《きし》みはじめる。

「代わり、ますかっ」

圧迫を続けながら告げる。

30回押したところで、いったん止める。人工呼吸器が送り込む酸素で肺が膨らみ、胸が上がる。止めても、両手はそのまま入江の胸に置いておく。

「横に立って、私の手の上にあなたの手を置いて」

咄嗟《とっさ》に、剣崎はそう言った。

「え、はい」

足台に乗ると、芳恵は左手を剣崎の両手の上に置いた。

「そう。始めますよ」

これならば、心臓マッサージの効果が不十分ということはない。医療行為としての法的な問題も生じないはずだ。実質、彼女は剣崎の手にしか触れていないのだ。なぜこんなことを思いついたのかわからない。しかし、妙案であった。

「イチ、ニイ、サン、シ」

猛然と押しはじめる剣崎に、明らかに芳恵の手は怯《おび》えている。生身の人間の、それも親しくしていた叔父の胸を常識外れの力で押すのだ。それも、止まった心臓に圧力をかけるのだ。怖くないはずがない。しかし、剣崎は押し続ける。

剣崎の額から汗が飛び散り、芳恵の手にかかる。構わず続ける。

入江。厳しい指導で生徒からあまり好かれることのなかった入江。慕っていたが、そのうち反発した自分の合格を祝ってくれた入江。その80年ほどの人生は、いったいどんな道のりだったのだろうか。かつて殴った教え子を頼って東京までやってきて、その説得によって拒否していた手術を受け、今まさに死を迎えようとしているのだ。

「くそ。生きろ。生きろ！」

剣崎はいつしか声に出していた。

「生きろ！　生きろ！」

芳恵も一緒になって叫ぶ。

「生きろ！　叔父さん生きろ！」

泣いていた。芳恵も、自分自身も泣いていた。

肩が痛み出す。手はとっくに悲鳴を上げている。普段なら看護師に交代をする。しかし今日は最後まで自分がやり続ける。体中から汗が噴き出す。

「芳恵さん！」

「はい！」

「続けますよ！　頑張って！」

涙を流しながら、汗を飛び散らせる。

共に入江の心臓マッサージを続けた。黒田は、心臓マッサージの交代要員としてすぐ脇《わき》に立ち、もう一人の若い看護師もそばで記録を書いている。

「心拍確認っ！」

剣崎の叫び声が集中治療室に響く。

「あっ！」

二人は動きを止めた。

モニターを睨みつける剣崎が、声を上げた。

「心拍再開っ！」

剣崎の後ろに立っていた黒田が叫んだ。

「どういうこと！」

「心臓の動きが戻ったんです。心臓マッサージが効いたんだ」

「ホント！　先生！　すごい！　やった！」

歓喜する芳恵と思わず握手をした。手袋越しでも、お互いの汗でぬるついている。

心臓の動きを表すモニターには、明らかに心臓が有効に動いている波形が表示されていた。

その時だった。

入江の右手が、ゆっくりと上がったのだ。

こんなことがあるだろうか。鎮静剤を減らしたわけではない。と言うより、先刻まで心停止の状態にあったのだ。とはいえ心停止の時間はほんの数秒で、すぐに心臓マッサージを始めたから脳は死んではいないはずだ。

こちらの言葉が届いているかは分からない、虚《うつ》ろな目は焦点を結ばず天井を見ている。

「叔父さん！　なにやってんだよ、死ぬなよ！」

芳恵が入江の右手に飛びつくと、両手で握った。

「頑張れって！　まだわたしが借りた1万円返してねえだろ！　野毛《のげ》でまた焼酎《しょうちゅう》飲もうって言ってたじゃんか！」

目を大きく見開いて、右腕を揺さぶりながら声をかけている。

こんな経験は初めてだ。このまま戻れ。戻ってくれ。そう思いながらも、剣崎は、次の展開を予想していた。

数秒後。また心停止を表すアラームがけたたましく鳴り出した。入江の右手はだらりとしている。もう、生気を失っているのだ。

「芳恵さん、また心臓が止まりました」

「マジかよ……なんだったんだよ、いまのは……」

くずおれるように座り込んだので、黒田が素早く後ろから抱えた。

「もう一度、続けますね」

そう言うと、剣崎は入江の凹《へこ》んだ胸を強く押しはじめた。

*

口を開く者はいなかった。ただ、モニターのアラーム音だけが鳴り響いている。

30分ほどは心臓マッサージや電気ショックを行っただろうか。剣崎のスクラブは、着衣のままシャワーを浴びたかのようにびしょ濡れになっていた。肩も腰も腕も悲鳴を上げていた。

「先生、本当にありがとうね」

「いえ」

看護師が、後ろからそっと年季の入ったペンライトと黒い聴診器を手渡してくれる。

「確認しますね」

入江のまぶたを上げ、青白い瞳《ひとみ》にペンライトの光をさっと横から入れる。大きく広がった瞳孔《どうこう》は、光が入ってももう小さくなることはない。いわゆる瞳孔散大《さんだい》、対光反射消失という所見である。入江と目が合う。

続いて、聴診器を両耳に装着する。汗が入ってしまい、一度外して肩で右耳を拭《ぬぐ》うとふたたびイヤーピースを耳に入れた。入江の胸に聴診器を当てる。青い皮下出血の痕《あと》が、凹んだ胸に点々と刻まれている。耳を澄ますが、心臓の音はない。ただ、人工呼吸器が送り込む空気が定期的に入り、出ていっているだけだ。

剣崎は聴診器を外すと、隣に立っていた芳恵に宣告した。

「瞳孔と心臓、呼吸の音を確認しました。瞳孔は散大、心臓は停止しています」

ちらと壁の時計を見た。

「4時20分、死亡確認とさせていただきます」

「ありがとうございます、先生」

そう言うと、芳恵はにっと笑って、きれいに一礼をした。

「叔父さん、満足だったと思います。教え子の先生にしっかり手術してもらって、こんなに心臓マッサージをして、私にまで手伝ってもらったんだから。この人、子どもの時から私のことが大好きなんですよ」

そうなんですね、と言うかわりに、

「人工呼吸器、しんどいといけないので止めますね」

とだけ言い、電源を切った。

「さっき一瞬起きたの、なんだったんでしょうか」

「分かりません。入江先生、お別れを言ってくれたんですかね」

剣崎は入江一蔵の顔に目をやった。苦しそうな表情ではない。高校時代、この教師に殴られた。それがきっかけでサッカー部を辞め、もてあました時間と情熱を勉強にあてた。だから、きっと医者になれた。そんな自分が、巡り巡って、入江を看取《みと》るということになるとは。

手術の合併症での死亡、ということになるだろう。とはいえ、剣崎を責める者はそうはいまい。せいぜいが会議で医長に嫌味をぶつけられるくらいだ。それよりも苦しいのは、自分のメスが命を奪ってしまったのではないか、という悔恨だ。手術をしなければ治るチャンスはない。しかし、もっとうまくできたのかもしれない。あのときに無視した、「剣崎、お前、ようやったな」という言葉。ありがとうございます、とどうして応えられなかったのだろうか。

今夜あたり、松島をバーに誘ってみようか。

剣崎啓介は電子カルテの前に座ると、入江一蔵の死亡診断書を記しはじめた。

医学生、誕生

例年より早めの開花宣言が出た3月も終わり頃、珍しく手術も外来もない日で、松島直武は、病棟のナースステーションで剣崎啓介と議論をしていた。電子カルテのモニターを見ながら、先日外来に来た胃癌《いがん》と大腸癌を同時発見された患者の治療方針について話し合っていたのだ。

「……てことは、胃《マーゲン》は幽門側胃切除《ディスタール》でぎりぎりいけるか。直腸は低位前方切除術《ローアンテ》だけど、どっちもロボットでやりたいね」

自信に満ちた口ぶりで剣崎が言う。

「せやな。同時手術でやったるか。そうするとポート位置を考えんとあかん、二重癌《ドッペル》は久しぶりやからな」

「だね。胃《マーゲン》から先にやって、あとで直腸かなあ」

剣崎との議論はいつも楽しい。一人では到底出てこないアイデアがポンポン生まれるのだ。他の外科医とではこうはいかない。あくまで教科書的な、無難な提案にとどまる。

病棟師長である七沢美香《ななさわみか》の大きな声が聞こえてきた。

「あれ、石田《いしだ》くんじゃない！　どうしたの？」

石田洋人《ひろと》の姿が見えた。入院中や通院のときのダボッとしたスタイルからは想像もつかないような、きっちりとしたブルーのスーツを身につけ、光沢がかった緑のレジメンタルタイを締めている。隣には西洋の貴婦人のようなフォルムの黒いワンピースに白レースがあしらわれた、ゴスロリファッションの大野愛莉《おおのあいり》もいた。

二人は顔を見合わせて微笑《ほほえ》んでいる。

「先生！　まっちゃん先生！」

「なんやなんや、そんな似合わんカッコして」

嬉《うれ》しそうな石田の頭をはたく。

「まっちゃん先生、剣崎先生、俺、医学部に合格したよ！」

「え？」

剣崎は口をあけて唖然《あぜん》としている。石田からその野望を打ち明けられて以来、剣崎にはずっと秘密にしてきたのだ。

「やったな！　来月から四国入りやな！」

力強くハイタッチをした。狙《ねら》っていたあの大学に、作戦通り合格したのだ。紅潮したそばかすだらけの顔はあどけなさを残してはいるが、それでも緊急入院のころと比べると別人のように精悍《せいかん》ではないか。

「まっちゃん、あれ？　どういうこと？」

石田が剣崎に顔を向けた。

「剣崎先生、内緒にしててごめん。俺、ずっと勉強してたんだ。まっちゃん先生に家庭教師になってもらってさ」

目をみひらいている剣崎にそう告白した。

「そうなんや、どうしても剣崎先生には内緒にしとって欲しい言われててな。いろいろやりとりしとったんや」

「そうなんだ。いや、でも、よく合格できたね」

ほんの1年ちょっと前に致命的な出血で緊急手術をしたのが、石田だ。死にかけて青白い顔で運ばれてきたのだから、そう思うのも当然のことだ。

「まっちゃん先生がね、作戦を教えてくれたんだ」

「そんな大したことあらへん。難しいところは最初から捨てて、共通テストに絞って勉強して高得点とれば地方の国立なら受かるやろと言うただけや」

「まあ、それだけっちゃあ、それだけだよね、まっちゃん先生のアドバイスって」

「お前なぁ」

胸を反らしてみせる石田を小突く。愛莉がそんなやりとりを誇らしげに見つめている。

とはいえ、言ったことを律儀《りちぎ》に守り、きっちりやり切ったこの男の根性は見上げたものがある。家庭環境を考えると、私立大学医学部に入る金はないだろうし、国立大学医学部の2次試験の難易度を考えると1年ではまず不可能だ。国立大医学部に合格するような連中は、中学校から、ときには小学校から勉強を積み上げているものだ。だから、志望校を絞ってこんな戦略を立ててやったのだ。そうだとしても、日々机に齧《かじ》りつき猛勉強したのは石田だ。医学部合格は奇跡的な確率だっただろう。

「もしかして、だけど」

剣崎がまだ信じがたいといった顔で尋ねた。

「もともと石田君は成績良かったの？」

「いやいや、もうクソみたいなもんやったで。まず高校1年生の教科書を全部写経するところから始めた人や」

「写経？　なにそれ？」

「そのままの意味や。ただ教科書をアホみたいに手書きで写すだけや。な？」

石田が照れ笑いをしながら頭をかく。

「うん、めっちゃ手が疲れるんだから。空になったボールペンを何本も机に並べていくんだ」

8本、いやそれ以上の書き潰《つぶ》したペンが並んだ写真を送ってきたのを思い出す。

「まっちゃん先生がいなかったら俺、いまごろただのヤンキーだったよ。勉強はマジ辛《つら》かったけど、まあゲームのレベル上げみたいなもんだな」

「いや、でもホンマに受かるとはこれっぽっちも思っとらんかったで」

「え！　そうなの？　ひどい！」

隣の愛莉の、黒いマスクの上の目が笑っている。

「でもさ、もう無理だ！　って思うたびにまっちゃん先生に電話とかチャットとかさせてもらったんだよ」

「せや、真夜中にようしてくれた」

「その度に、お前ならできる、お前なら行けるから俺を信じろ、逆らわず続けろって言ってくれたじゃん」

「言うなや、恥ずかしい」

涙声でこの青年は深夜に電話をかけてきたのだ。5回、いや6回はあっただろうか。一度などは当直中、わずか2時間こっきりの睡眠を奪いにきたのだった。

からかってはみせるが、勉強の相談に乗るうちに、論理的な思考能力が高いことが分かってきた。とくに理数系にはセンスを感じた。医師になるには必要不可欠な資質だ。

「ねえ……」

愛莉が石田に合図をした。

「剣崎先生」

真顔になった石田が、剣崎に向き直った。

「あの時は、俺の命を救ってくれて本当にありがとうございます」

深々と頭を下げる。

「え、ああ、いや」

ストレートに感謝を述べられ剣崎は照れているようだ。壁の方に目を移して小首を傾けたりしている。

「俺、医者になる」

「石田君」

「先生みたいな外科医になる」

剣崎の瞳《ひとみ》が一瞬にして潤《うる》んでいく。

「これを言いたくて、スーツ買いに行ったんだぜ」

「そうだったのか……」

「……まだ医学部に入ったからって医者になれると決まったわけじゃない。大学に入ってからも頑張ってね」

「お？　剣崎先生泣いとる？　泣いとるんちゃうん？」

「そんなこと……」

立ったまま身を震わせる相棒を見ながら思い出すのは、1年ちょっと前の冬、1月30日の夜のことだ。

＊

松島は医局から早足で向かっていた。学会で発表する大腸癌の手術ビデオの編集を遅くまでしていたところ、看護師からの電話で救急外来に呼ばれたのだ。「まずい状況」だという。剣崎がすでに対応しているが、手が足りないらしい。

救急外来に到着するなと、まっさきに耳に飛び込んできたのは電子の鈴のようなモニタのアラーム音だった。

「輸血来た？　まだか、じゃあそっちも急速輸液《ポンピング》やって！」

夜の12時を少し回ったところだ。こうこうと灯りの照らされたベッド群の手前に剣崎がいた。外と直接繋《つな》がっている初療室、ストレッチャーに乗せられた若い男の患者の傍で叫んでいる。彼を囲む明るいブルーのスクラブ姿の男女二人は、救急科の若い医者だ。九州の開業医の息子である大杉悠也《おおすぎゆうや》と、都内の女子だけが入れる医大出の小《こ》池《いけ》めぐみだ。加えて、ベテラン救急外来看護師である洞田《ほらた》ゆり恵《え》というのが今夜の布陣である。

「ショック・バイタルだから急いで！」

これは大出血などによる危機的な血圧低下の状態を意味する。

「末梢《ルート》点滴、ぶっといの入ってたっけ？」

「いえ、左に22G《ゲージ》、右に24G《ゲージ》だけです！」

患者の陰茎を左手で握るショートカットの小池めぐみが、タピオカドリンク用の太めのストローのような黄色い尿道膀胱《ぼうこう》カテーテルを入れながら答える。

ちらとモニタに目をやるが、血圧は表示されていない。おそらく低すぎて測定不能なのだろう。40か、50といったところだ。

「そっか。じゃあ鼠径《そけい》から中心静脈カテーテル《CV》入れて！」

「俺がやったるわ」

そのタイミングで割って入った。

「お、まっちゃん！　ごめん、助かるよ」

「かまへん、かまへん」

ひっかけてきた白衣を脱ぎ、紺色上下のスクラブ姿になった。

「ゆり恵さん、中心静脈カテーテル《CV》、道具《モノ》はあるん？」

「はい」

裁縫セットのようなキットを開け、さっと広げてくれる。

「局所麻酔《キョクマ》は使います？」

「いらん。生理食塩水《セイショク》を出しとってな。剣崎先生、どんな感じ？」

剣崎が20ミリリットルの注射器《シリンジ》をせわしなく動かしながら答える。

「この患者、18歳でもともと潰瘍性大腸炎《UC》の治療中らしいんだけど、最近あまり病院に来てなかったらしい。救急隊によると大量に下血したって」

「なるほど」

潰瘍性大腸炎《かいようせい》。大腸の最も内側の粘膜に炎症が起き、腹痛や下痢、血便を引き起こす難病だ。原因は不明で、10代の若い男女でも発症し、現在のところ薬で完治することはない。病状のコントロールがうまくいっていないと、大量出血や大腸の穿孔《せんこう》を来《きた》すケースがある。

若い患者がショック・バイタルに陥るということはそうそうない。が、潰瘍性大腸炎による大出血という話であれば納得はいく。おまけに最近通院していなかった、いわゆるアドヒアランス不良ということであればなおさらだ。きちんと投薬されていなかったり、食生活が乱れていたりした可能性が十分にある。

そんなことを考えながら患者の陰部を広げ、鼠径部を茶色いイソジンで消毒した。薄い陰毛に白い肌は、いかにも低栄養で貧血の所見だ。3回消毒したところで「清潔操作」に移る。

「先生は7半《ナナハン》でしたよね」

「せや、流石《さすが》やな」

ゆり恵は医師によって異なる清潔手袋のサイズまで覚えている。

黄緑色の手袋をするりと嵌《は》めつつ、陰部を眺める。この患者は消化器内科で外来治療《コントロール》をしていたのだろうが、ショックになるほどの大出血であれば血圧が安定した次の手は決まっている。

「先生、準備できてます」

そう声をかけられた。ゆり恵は、相手の思考に土足で入ってくるような真似《まね》は決してしない。医師の沈思黙考を邪魔せず、最短で用件を伝えるという技術は、ベテラン看護師しか持ち得ないものだ。このような、数値化できぬ技能こそが、治療レベルを跳ね上げるのだ。もちろん、患者の生存率も。

「ありがとうな」

畳まれた状態の青い覆い布《おふ》を広げると、布団《ふとん》をかけるようにバサッと患者にかける。メロンほどの大きさの穴は患者の鼠径部をあらわにし、それ以外の体を全《すべ》て覆《おお》う。

腹の上に四角いハンカチのようなガーゼを置き、その上に生理食塩水を入れて23G《ゲージ》の針をつけた試験穿刺《せんし》用の10ccの注射器《シリンジ》、それより太い本穿刺針《ほんせんししん》、そして白く細長いカテーテルを乗せてゆく。

ふう、と一息入れ、左手の人差し指と中指を揃《そろ》えて患者の鼠径部に当てる。大腿動《だいたい》脈という、8ミリほどの太い血管に沿わせると、太鼓の反対側に手を当てたような拍動が指に伝わってくる。ドン、ドン、ドンとリズムよく打たれるのが正常だが、今日はトットットッと速い。大出血で血管内脱水《ハイポボレミア》となり全身に行き渡る血液量が足りず、それを補うために脈が速くなっているのだ。

目的の血管はこの動脈のすぐ向こうを並走する大腿静脈だ。太さこそ人差し指くらいはあるが、土管のように中身がなくても円形を保てる動脈《アーテリー》とは異なり、静脈《ベイン》は空気のぬけた自転車のタイヤのようにすぐ萎《しぼ》んでしまう。大腿静脈に、細いストロー状の針を刺して中からさらに細いストローのような管《カテーテル》を入れ、奥まで進めるのだ。

「余裕やな」

動脈を押さえていた左手の力をわずかに抜く。少しでも強く押さえると、隣の静脈も圧迫されてぺしゃんこになってしまうのだ。左手は置くだけだが、動脈の拍動は捉《とら》え続けねばならない。

「試験穿刺から」

また独りごちてから、10ccの注射器《シリンジ》を右手で取る。体との角度を30度ほどに立てて、ためらいなく刺す。じっくりと針を進めていくと、プツンと血管の壁を通過する感覚があり、その直後に注射器《シリンジ》に赤黒い静脈血が逆血《バック・フロウ》してくる。

よし、この道筋なら入る。左手を微動だにさせず、右手の注射器《シリンジ》を再びガーゼの上に置くと、隣の本穿刺針付きの小さな注射器《シリンジ》を取る。この針の先端を血管の中に留まらせ、その間に細い管《カテーテル》を血管内に進めるのだ。こういう「刺しもの」は剣崎より俺のほうが得意だ。

本穿刺針の針先《ベベル》を、さきほど試験穿刺で刺した皮膚の針穴に当てると、すっと針が入って行った。通常、若い患者は皮膚に弾力があり硬いため、こうは入らない。皮膚の菲薄《ひはく》化はステロイドの影響だろうか、あるいは低栄養のせいか。

ゆっくり進んだ針は、すぐに血管をとらえた。再び赤黒い逆《バック・フロウ》血を目視したところで、かすかに針を寝かせ、0・2ミリほど進める。そうしておいて、針と注射器《シリンジ》の接続を外した。ここでブレると針先が血管の外にずれてしまう。針の後ろから血液が流れ出る。針先は大丈夫だ。左手は動かさず、右手だけで素早く細い管《カテーテル》を取ると針の後ろから挿入する。するすると抵抗なく進んでいく。時間的猶予《ゆうよ》はない。祈るような気持ちで進めていく。

「鼠径、CV取れたで」

「おおっさすが！　イッパツか！」

興奮しているのか。剣崎が、いつになく大袈裟《おおげさ》な反応を示す。

「じゃあ3《サン》-0《ゼロ》ナイロン」

皮膚を縫い、糸で管が抜けないよう縛って固定した。これでひと安心だ。肩の力を抜く。大量に点滴をすれば、ひとまず死ぬことはない。
「ゆり恵さん、輸血が来るまではこのCVからも細胞外液《ガイエキ》、急速投与《ポンピング》やで！」

翌日、医局の仮眠室で目覚めた。当直でもないのに家に帰らなかったのは久しぶりだ。港区にあるマンションには余程のことがない限り、どれだけ遅くなっても帰って寝るようにしている。自宅でなければ疲れが取れないからだ。若いうちは帰るのが面倒で連泊を繰り返し、気づいたら1週間ずっと泊まっていたこともあった。が、30代中盤を過ぎてからはどうにも無理がきかない。病院というところには、医者に気を張らせる物質が浮遊しているのかもしれない。

昨日の手術が終わった直後、執刀医の剣崎はそのまま床に座りこみ、眠ってしまっていた。わからないでもない、それほど集中力を必要とするオペだったのは間違いないのだ。自分にも1年に一度くらいはある。体力というよりは気力が底をついてしまうと、立っていられなくなるのだ。

腰に鉄板が入ったような重さを感じつつ、ベッドから起き上がる。首がギシギシと痛む。無理にゆっくり2周回すとごきっと音がした。

手術着のまま仮眠室を出る。医局に人の気配はない。それもそのはずで、壁の時計は5時を指している。大きな窓から、早朝の澄んだ太陽光が差し込んで空気中のちりをキラキラと光らせている。眩《まぶ》しいほうをあえて見ることで、脳を覚醒《かくせい》させる。

体は自然と集中治療室へ向かった。

集中治療室の自動ドアが開くと、一番手前のベッドに石田が横たわっていた。

昨日のことが嘘《うそ》のように、小さい寝息を立てて眠っている。大腸のほとんどを取るという大きなあの手術、大腸亜全摘術《あぜんてきじゅつ》を、ほんの5センチのキズだけで行ったのだ。体へのダメージは非常に小さい。その分外科医にとって難易度は上がるのだが、そんなものは屁《へ》でもない。

ゆるく瞑《つむ》った石田のまつ毛はわずかに濡《ぬ》れていた。こうやって見るとなかなかの男前ではないか。ずいぶん細く整えられた眉毛《まゆげ》は、今時の若者らしいものだ。まだやや貧血気味だが、頬はわずかに赤みを帯びている。鼻筋もすっきり真《ま》っ直《す》ぐに通り、その下の厚めの唇はなかなか立派だ。

大丈夫だ、と直感する。このような緊急手術の後、勝ち目のない患者からは死臭が漂う。具体的なにおいではなくなにか別の感覚なのだが、とにかく「救えないだろう」という外科医の予感は高い確率で当たる。

事実、呼吸回数も問題ない。モニタに目をやるが、血圧も酸素飽和度も正常範囲内の数値であった。

ベッドサイドにぶら下げられた手提げ鞄《かばん》ほどの透明なドレーンバッグに目を移す。一つは尿カテーテルで、淡黄色で濁りのない尿が溜《た》まっている。もう一つのバッグは腹腔内《ふくくうない》に入れられた管《ドレーン》につながっている。管を通る液体は赤いが、バッグに溜まった液体はそれほど赤くはない。新鮮《フレッシュ》な出血はないのだろう。アナログだが、自らの目で色や性状を確認したくなるのは外科医の性《さが》なのだ。

「ごめん」

ふたつ先のベッド前でパソコンのキーを叩《たた》いていた看護師に声をかけた。

「夜、なんかあった？」

聞きながら、言うても2時間ほどしか経《た》ってないやん、と思う。

「いえ、生命徴候《バイタル》は落ち着いていましたし、よく眠っています」

名前を知らない若い看護師だった。最近配属になったのだろうか。最近の若いナースはみなこのようにやたらと細い。

「剣崎先生は来たん？」

「先ほどいらっしゃいました」

さすがは相棒だ。いかなる時も、手を抜かない。

集中治療室をあとにして医局にいったん戻ると、トイレの洗面台で顔を洗いはじめた。

「お、早いね」

顔を上げると、鏡越しに剣崎の顔が見えた。疲れているはずだったが、寝癖ひとつなくシャキッとしている。

「目が覚めちゃって」

硬い手拭《てふ》き紙で顔を拭きながら答えた。

「ICU、よさそうやな」

「うん、おかげさまで」

「いやいや、何言うとるんや。凄《すさ》まじく速かったな、昨日も。大腸亜全摘でストマまで作って3時間台はありえへん。出血もゼロやったやろ？」

「うん、そうだったかな」

他臓器とは異なり、大腸の腹腔鏡手術では助手の難易度が非常に高い。ミラーイメージと言って、鏡を見ながら手を動かすような操作が必要になるのだ。要するに、左に行こうとしたら右に、右に行こうとしたら左に、手を動かさねばならない。視野の展開、つまり助手が作った臓器の配置が良ければ、執刀医がすることは切り取り線にそって切るほどに容易なものになる。

その意味では自分の展開も良かったとは思う。だが、そういった前提があるとしても、執刀医があれだけ集中して切り続けたから、メスを入れてから皮膚を縫い、人工肛門《こうもん》を縫い付けるまで4時間もかからなかったのだ。

用を足した剣崎が、隣で手を洗う。

「たまにはああいう急がならん腹腔鏡《ラパ》手術もええな。またやろうや」

「いや、そんなにやりたいもんじゃないよ」

爽《さわ》やかに笑いながら剣崎はトイレを出ていった。

自分のデスクに戻り、デスクトップを開く。一昨年新調したマックのこの40万円以上したマシンは、手術動画の編集も快適にできる。学会で使う動画をこれで作るのだ。医師は仕事で使うパソコンを自腹で買うのだが、医局にはマックのハイスペックなものがずらっと並んでいる。昨日作りかけていた学会用のスライドを作るか、とマウスに手を置いた。ロボットで行う大腸癌の手術のコツをまとめたものだ。しばらく夢中で動画を編集していると、不意にポケットのＰＨＳが鳴った。

「はい、外科松島」

「先生すみません、ＩＣＵの看護師の柿崎《かきざき》と申します」

声からして、先ほど石田のことを話した若いナースだろうか。なにやら切羽詰まった様子だ。

「実は、石田さんが暴れてしまっていまして」

「え？」

「先ほど先生がいらした時は寝ていたのですが、起床されたので手術を受けたことをお伝えしたら、大声で怒鳴られちゃって。剣崎先生に電話したのですが、繋がらないものですから先生にかけてしまいました。申し訳ありません」

あの穏やかな寝顔からは想像もつかなかった。

「特に、あの……」

「なんや？」

「人工肛門を勝手に作りやがって、って怒っていて。パウチもむしり取っちゃって……どうすればよろしいでしょうか？」

おそらくまだ日勤帯の時間ではないから看護師は3、4人しかおらず、看護師長や上のものもいないのだろう。

「すぐ行く」

背もたれの白衣をつかむと、立ち上がった。

集中治療室に入ると、怒号が耳に入ってくる。

「ふざけんなよ！　なに勝手に手術してんだよテメエ！」

石田はベッドの上で半身を起こしていた。布団やガーゼが床に散乱している。後ろの自動ドアが開いた。剣崎だ。連絡がついたのだろう。石田が、うずくまって散乱物を片付けている看護師にストマのパウチを投げつけた。

「キャアア！」

黄緑の液体が飛び散った。看護師の髪や、白いナース服にも排泄物《はいせつぶつ》が点々とついてしまっている。

一歩踏み出そうとしたところで、

「おい、何してるんだ！」

と剣崎が声を荒らげてかけよった。

「あんたが剣崎か。俺に聞かずにいろいろやりやがって！　人工肛門になるくらいなら死ぬって言っただろ！」

そうだ。昨夜は緊急事態であったため、母親の同意を得ただけで手術に踏み切ったのだった。大出血で危険な状態であり、本人の意識もなかったのだから仕方がない。

法的にも問題はないはずだ。

それにしても、人工肛門への強い拒否があったのは知らなかった。外来で診ていた内科医には伝えていたのかもしれないが、カルテにもそんな記載は見当たらなかったように思う。剣崎は把握していたのだろうか。

「落ち着きなさい」

床に落ちた茶色いパウチを拾い上げると、剣崎はそっと看護師に渡した。

人工肛門。なんらかの機械を組みこむのだろうと誤解している者もいるが、実際には腹壁に開けた穴から患者自身の腸を切って5センチほど飛び出させ、反転し皮膚に縫って固定したものだ。

肛門からの排便がなくなるかわりに、梅干しを大きくしたような外観の人工肛門から排便をすることになる。パウチと呼ばれる袋を貼《は》ってそこに便を貯留させるのだ。

人工肛門が、どれだけ患者の生活の質を下げるものかはあまり知られてはいない。何人もの患者が鬱《うつ》に陥るのを見てきた。

だから、パニックになる気持ちはわからないでもない。

「説明しますよ、石田さん」

「はぁ？　なんだよ！」

真っ赤な顔で大声を出す。

無視して剣崎は続けた。

「石田さん、家でたくさん下血したのは覚えていますか？　その後、救急車でこの病院に来たんです。到着した時はかなり危ない状態だったんです、血圧も非常に低くてね。それで、大急ぎで緊急手術をしたんです」

勢いよく話しはじめた剣崎を見ながら、脳裏に浮かぶのはあの手術の映像だ。ぴったりと息の合う相棒との、流れるような美しい手技。時間的な制約から生じる緊張感がまた堪《たま》らない。思い出して頬が緩む。

「だからなんだってんだよ。俺は、人工肛門なんて作ってくれって頼んだ覚えはねえぞ！」

「救命に必要だったんだ。死んでしまったら元も子もないでしょう」

ぴしゃりと言われた石田は目をさらに吊《つ》り上げた。

「てめえ、ふざけんな！」

ベッドから殴りかかろうとするが、剣崎がスウェイバックして簡単によける。

「いててて……クソ……」

「手術の翌日にそんなに暴れたら、傷が開きますよ」

石田は一瞬止まったかと思うと、唾《つば》を吐きかけてきた。

「うわっ！」

剣崎の顔にもろに浴びせることに成功したようだ。

「何をする！」

穏やかな性格の剣崎が、唾液《だえき》を拭《ぬぐ》うと、摑《つか》みかからんばかりの姿勢をとる。

あかん。そろそろ頃合いや。こういうトラブルは主治医にはうまく処理できないものだと相場が決まっている。

「おいおい、ええ加減にせいや」

穏やかな口調で割って入った。

「なんや、八つ当たりか」

石田の目の前に立つ。息が上がって肩が上下している。

「なんだ、お前」

「お前とはなんや。剣崎先生と一緒に君の手術をしたもんや。口のきき方に気いつけや」

少し怯《ひる》んだようだったが、それでも、

「お前も外科の医者か、俺の腹にこんなもの作りやがって！」

と強がってみせる。

少し間《ま》をとることにした。医者一族に生まれたことから坊っちゃん扱いされること
も多かったが、医者になってからは幾度となく修羅場をくぐってきた。銃弾の飛び交
う地域での医療活動の経験もある。目の前の高校生など愛玩犬《あいがんけん》のようなものだ。

「なんだよ、なんか言えよ！」

それでも松島は口を開かず、石田を見おろしたままだ。

「……なんだよ」

石田の攻勢は、あっという間に弱まってきた。だいたいの奴《やつ》はこの沈黙にびびって
しまう。

「まあ落ち着け」

石田の肩に大きな手を置く。

「説明したる。昨日腹を切ったばかりや、痛いやろ。ベッドに座りな」

「そりゃ痛えけどよ……」

石田はぶつぶつ言いながら、ベッドに腰掛けた。ゆっくりと語りかける。

「君はな、血が止まらんくなって死にかけたんや。放っておいたら、間違いなく、夜
のうちに死んどった。血を止めるために、こっちの先生と俺で腸を切ったんや。慌《あわ》て

んでも、その人工肛門はいずれ必ずなくしたる」

人工肛門をなくし、肛門からの排泄に戻すのは、どの患者でも行えることではない。だが、石田の場合、それが可能であると踏んだのだ。

「え？　なくす？」

「そうや。今はまだ無理や。けど、半年後には閉じる手術をする。俺とお前の約束や。ええか？　だから今はしっかり休んで養生せえ。きちんと治すんや。一度死にかけとるんやからな」

10分前とは別人のような表情をしている。自分でもそれに気付いたようで、まだ怒っているんだぞ、という表情を作り直して、

「ぜってえだからな」

と言い放つと、壁のほうを向いてしまった。

「悪かったな、朝っぱらから」

「ああ」

集中治療室を出たところで剣崎から軽く頭を下げられた。

「まっちゃんが来てくれなければあの場は収まらなかったよ。やっぱり、まっちゃん

はすごいね」

素直にこんなことを口に出来るのも、剣崎の魅力の一つだ。

「いや、あんなガキは容易《たやす》いわ。デカい奴に睨《にら》まれたらびびんねん。ま、逆恨みもえ
えとこやろ」

「助かったよ、ありがとう」

「ストマ閉鎖のこと、あんな言うてもうたわ。ちと言い過ぎたな」

「ま、もう少し落ち着いたらゆくゆく説明していくよ、ストマを落とせない可能性を。
多分、彼はなくせるだろうけどね」

「とりあえず、また顔でも洗ってくるかね」

「そうだな」

笑いながら、トイレと医局へと別れていった。

それからの石田の経過は思ったより良く、一度だけ輸血を必要としながらも順調に
回復していった。手術から2日で集中治療室から出て、外科病棟へと転棟することが
できた。

「その後、あのガキんちょはどうや」

朝のカンファが終わって廊下に出たところで剣崎を捕まえた。

「うん、経過はいいんだけど、なかなか俺と話してくれなくてさ。あの年頃と何を話せばいいかわからなくて」

「さよか。ほならいっぺん、俺が行ってみよか」

「それは助かる。まっちゃんなら心を開きそうだしな」

「わかった、時間見つけて顔出してみるわ」

剣崎は、ほっとした様子で軽く右手を上げた。


その日の夕方、18時を回ったところだった。外科病棟の自分の患者を回診したのち、足を向けたのは「リカバリ室」と呼ばれる病室だ。全身状態の不安定な患者はナースステーションの目の前のこの部屋に入れられる。集中治療室から出たばかりの石田は4つあるベッドの右奥にいると聞いた。

「おう、元気にしとるか」

言いながらカーテンを開けると、背もたれを上げた状態で座っており、パタパタと手を左右に動かした。

「あ、あんたは」

「松島直武いうもんや。命の恩人の名前、覚えとき」

「なんだよ、いきなり」

なにやら手元にあるものを布団に急いで隠したようだ。スマートフォンでエロ動画でも観《み》ていたのだろう。

「なんでもないわ。威勢のいい若モンがどうしとるか思ってな。ハライタはどうや？」

「痛くねえよ。それより、この部屋どうにかならないのかよ」

「なんでや？」

石田は口を尖《とが》らせた。

「ここ、誰も面会できないらしいじゃんか。今度は暇で死にそうだよ。友達が遊びにきてくれるって言ってんだ」

「ハッハッハ、そうかそうか。じゃあ俺が看護師に言うて部屋を替えてもろうたる」

「マジ？　サンキュー松村先生！」

目を輝かせた。虚勢を張ってみせるが、まだまだ子供なのだ。

「松島やって。まあええけど。君、家族は来んのか？」

石田は顔を曇らせた。

「来ない、仕事が忙しいから」

「なんや、共働きか」

「いいだろ、別に。で、いつ部屋移れるの？」

「せやな、今日はもう遅いから明日にしよか。ええな？　一応主治医の剣崎先生の許可も貰《もら》っとくからな」

「剣崎先生か。あの人、めっちゃ真面目《まじめ》だからな……」

このあたりに、剣崎の言う、なかなか俺と話してくれない理由があるのだろうか。

「大丈夫やで、俺が言えば」

「マジか！　すげえな松村先生。じゃあさ、やっぱさ、今日がいい」

「わがまま言うなや。今日移ったって誰とも面会出来んやろ」

「ぶー」

石田は甘えるように頬を膨らませた。年齢よりだいぶ幼い印象を受けるのは、家庭環境がなにか関係しているのかもしれない。あとでカルテを細かく観てみよう。

病室を出てナースステーションに入る。置かれているパソコンにログインし、石田の名前をクリックして電子カルテを開いた。過去の記録を探っていくと、1年半前の初診時の内科のカルテを見つけた。

［生活歴 両親は幼い頃離婚。現在は母と二人暮らし。母は仕事が忙しく不在が多い］

やはりか。小さくため息をつく。家庭環境の不安定さによって生活が乱れ、その結果、潰瘍性大腸炎の治療がうまくいかず、致死的と言ってもいい大出血につながった。決めつけは危険だが、そんなストーリーをぼんやりと作ってみる。

モニタ画面から顔を上げる。夜勤が始まったばかりで忙しく点滴の準備をする看護師たちの後ろ姿が目に入ってくる。隣には、脇目《わきめ》も振らずキーボードを叩く日勤帯の若手看護師がいる。いわゆる「記録」をしているのだろう。日勤帯の看護師は17時半が勤務終了だが、それまでに業務が終わることはまずない。患者への対応をすべて終えてからようやくPC作業に入れるのだ。

「お、まっちゃん。お疲れ」

ナースステーションに、ブルーの手術着に白衣をはおった剣崎が入ってきた。

「あれ？」

モニタに石田の名前が表示されているのを見つけたようだ。

「ありがと、さっそく会ってくれたんだ」

「お、まあちょっとな」

「毎日話しかけてるんだけど、今日も全然だったよ。『調子は?』『ふつう』『痛みは?』『別に』なんて感じで会話にならないんだ」

剣崎はため息をつきながら両手を腰においた。

「さもありなんやな。せや、一つお願いされててん。なんや友達と会いたい言うてな。リカバリから出たいんやって。明日、ええかな?」

「面会? まだ術後から日が浅いけど大丈夫かな?」

「ま、いけるやろ。ヤングやし」

「まっちゃんがそう言うならいいよ、あとで師長に言っとく」

「喜ぶで」


それから松島は、毎日のように石田洋人のベッドサイドに顔を出した。この少年がどうにも気になるのである。昔の自分に似たところを感じてもいる。石田と話すのは、早朝のこともあれば夜になったりもする。面会時間はあまり守っていないようで、何人かの友人に囲まれていることが多かった。

手術から5日経った日の夕方、朝からの胃癌の手術を終えた松島は4人部屋の石田の部屋に赴いた。

「よう」

声をかけながらカーテンをざっと開く。

「ちょっと！」

石田は慌《あわ》ててなにかを隠すように、布団を被《かぶ》った。

「なに勝手に開けてんだよ！　出ろって！」

「おっ、おう」

足早に部屋から出た。廊下をぶらつきながら1分ほど待ち、再び病室に戻った。今度はカーテン越しに声をかける。

「石田君、どや。ええか？」

「いいよ」

浅葱《あさぎ》色のカーテンを開けるとベッドに腰掛けていた。顔が上気している。

「すまんかったな、さっきは」

「いきなりカーテン開けんなよな」

「だいぶ元気になったみたいやな、石田君は」

不貞腐《ふてくさ》れた様子で、腕を組んでいる。

「調子はどうや」

「べつに」

言い放つと目をそむけた。

「ストマはどうや」

人工肛門を作った場合、それが予期せぬものであるときは特に、患者の拒否感は強い。受け入れに数週間かかることはザラだ。そして、若い患者では特に厳しいものになる。

「最悪」

そう告げると、ベッドに横になって向こうを向いてしまった。

無理もない。術前からずっと拒絶していた石田なら受け入れには時間がかかるだろう。

「そうか」

ベッドサイドに置かれた丸椅子《まるいす》に腰掛けた。その気配を察したようで、石田の体がぴくりと動く。

何を話すべきだろうか。こんなときこう言えば一発逆転、なんてキラーフレーズは持ち合わせていない。口先の慰めを言ったたって石田の心には届かないだろう。死に向かう患者とはまた別種の、難しさがある。

「今日は友達は来とらんのか」

返事はない。

「彼女はおるんか」

試しに言ってみると、石田はガバッと起き上がって睨みつけてきた。

「いねえよ！ こんなのできたから別れたに決まってんだろ！」

「え、ストマを作ったから別れたんか？」

「当たり前だろ！ こんなの、どうすんだよ！ こんなの……」

目が潤みかけたと思ったら、また石田はベッドに伏せってしまった。

「そうか……」

人工肛門となったから、という理由で女性と別れたのかどうかは分からない。石田の思い込みではないかと思うが、今日のところはひとまず撤退だ。これ以上会話を続けても、関係が悪くなるだけだろう。

「じゃ、また来るな」

カーテンを閉め、ナースステーションへ戻ったところで外科病棟の看護師長、七沢美香をみつけた。

「美香さん」

「あら先生」

「石田君、まだまだ厳しそうやな」

師長用のパソコンでなにやら作業をしていた美香がその手を止めて、

「松島先生も行ってくれたんだ」

と嬉しそうに言う。

七沢美香は40代そこそこで、この病院にしては異例の早さで昨年、外科病棟の師長になった。救急外来、手術室で評価され、一時休職して大学院まで出ている。人当たりが良く、仕事ができ、医者転がしも上手《うま》い。

夜会巻きにして和服でも着ようものなら高級クラブのママに見えるだろうし、前髪を作ってワンピースに身を包んだとすれば少女のような可憐《かれん》さを放つだろう。

外科医の誰もがお気に入りだった。それでいて男の医者に媚《こ》びないのだから、若い女性看護師からも人望がある。

「まあ、しばらくはしょうがないでしょう。ナースサイドでも色々やってるんだけど、なにせあの年頃の男の子って女のナースに心を開かないのよ」

「せやなあ」

「最低限のストマ管理が出来るようになったら、早く退院させてあげたほうがいいかもね。剣崎先生に提案しようかしら」

いつの間にか病棟管理の話になっているのが美香の才能を示している。病棟のベッドコントロールは師長の重要な仕事であり、腕によって差が出るところでもある。外科病棟の師長は3、4年おきに代わるが、明らかに美香になってから緊急入院が入りやすくなり、仕事がしやすくなったのだ。

そんな美香でも、石田洋人には手を焼いているようだ。

ちょうどそこに病棟回診を終えた剣崎がやってきた。

「あれ、どうしたの二人」

「石田君とこ、俺も行っといたで」

「ほんと？　ありがたいなあ。すっかりまっちゃんに心開いてるな」

「いやいや。なかなかの難物やで」

「とにかく、まっちゃんが関わってくれて心強いよ」

患者との、一歩踏み込むコミュニケーションは剣崎の得意とするところではないという印象がある。生真面目な性格によるものだろう。

「で、退院どうする？　剣崎センセ」

美香が尋ねる。

「そうだな、ストマの自己管理だけできればもう数日以内でもいいかな」

あのように死にかけた石田でも、1週間ほどで退院できるのだ。早めに手術に踏み切ったことや、腹腔鏡によってダメージの少なかったことが大きく寄与している。改めて、あの手術は正しかった、という答え合わせのような気持ちになる。

さすがは剣崎だと思いつつ、自分の前立ちあってこそだ、という傲慢《ごうまん》さもしっかり併せ持つ。外科医はこの感情を否定しない。高い技術を持っているから、患者は生きるし、より早く家に帰すことが可能となるのだ。

「素晴らしい。円滑な病棟運営にご協力いただき、ありがとうございます」

深々と頭を下げる美香を見るにつけ、やはりこの人は仕事ができると思う。師長は、病院幹部から常に病床稼働率《かどうりつ》を上げるよう、そして手術件数を増やすようプレッシャーをかけられている。この病棟は98％を超えた稼働率というから驚きだ。他では90％前後、良くても95％なのだ。

もっとも、この率を上げるには、元気になった患者を一日も早く退院させ、その日の午後には別の患者を入院させるというような芸当が必要になる。師長には、医者、患者とその家族のどちらともうまく交渉をするスキルが求められるのだ。

下手な師長だと、医者はすぐに協力しなくなる。すると退院が延び、その結果緊急入院が入りづらくなり、さらに医者は非協力的になってしまう。こうなると悪循環である。看護師という職のイメージからはおよそ想像し難いマネジメント能力が、師長には求められるのだ。

俺にはこんな芸当はできない。あちこちにいい顔をしてしまうか、わがままな医者にキレ散らかしてしまうかだろう。剣崎にしたって難しそうだ、余計な愛嬌を振りまかない男だから。

「でも、受け入れはどうかな？」

「まだまだまったくダメね。ストマを見ようともしないもの。まずはそこからかな」

「申し訳ないけど俺、昔からこういうときに役に立たなくて。なんとか、よろしく頼みます」

剣崎が頭を下げる。

「大丈夫よ、任せといて」

美香が剣崎の背中をポンと叩く。顔をほころばせる様子を見て、この二人というのも案外あるのかな、などと思う。美香の恋愛は麻布中央病院《アザチュウ》の七不思議の一つ、などと言われているのだが。

「じゃ、お先」

余計なことを口に出す前に、医局に退散しよう。

＊

翌日、朝回診を終えた松島は早めに病院1階の外来診察室に入り、受診する患者の予習をしていた。

恐ろしい数の患者が待っている。30分の枠に10人。午前の3時間で60人近い患者が、自分の診察を受けるために押し寄せるのだ。単純計算で一人あたり3分しか使える時間がないはずなのが、ときどき30分はかかる「新患」が現れる。

あなたの病気は癌ですよ、という告知に始まり、病状やステージの説明と図示、治療戦略の解説を行わねばならない。手術日の調整も必要だ。患者からの質問が多いと1時間かかることもある。その分他の患者にしわ寄せがくるのだが、総合病院のシステム上、仕方がない。

外来日を週2に増やして「新患」だけの日を作る方法もあるが、俺は毎日手術がしたい。外科医が椅子に座りキーボードを叩くのは週に半日だけでいい。

ようやく外来が終わると、13時を過ぎていた。今日は早いほうだ。

「先生、七沢です。ちょっと大変なの」

PHSから流れ出る声は珍しく切羽つまっている。

「病棟に来てくれる？」

「すぐ行くわ」

急変でもあったのだろうか。いま病棟にそういう患者はいなかったような気がするが。早足でフロアに着くと、一室から大声が聞こえてきた。

「おら、ふざけんな！　勝手なことばっかしやがって！」

声のする方へ行くと、4人部屋の病室のベッドに石田ともう一人、見たことのない金髪の青年が立っていた。他のベッドにはたまたま患者はいないようだ。

「やめて！」

金髪が若い看護師の髪を摑んで引っ張っている。床には布団やらストマケアのためのガーゼやハサミが散らばっていた。

「何しとんのや！」

一喝《いっかつ》すると同時に体が勝手に動く。見知らぬ男の腕を摑むと看護師の髪を離させ、そのまま力任せに引き倒す。

大きな音を立ててベッドの下に落ちた金髪は、そのままうずくまっている。睨みつけると、降参だという態度をとった。ベッドに立つ石田に目を移す。それだけで怯《おび》えた顔をする。

「降りろ、石田」

「は？　何言ってんだ」

「ベッドから降りろ言うとんのや」

「やだよ」

言ってわからないのであれば、仕方がない。

茶色の病衣に手を伸ばす。

「離せ」

指を引き剝《は》がそうとするが、そんなものに外科医の握力が負けるはずもない。どこか本気で抵抗していない風もある。

「座れ」

「嫌だ」

強引に引っ張ると、ベッドの上で倒れた。起き上がるとすぐにこちらに拳《こぶし》をふるってくる。病人の弱々しいパンチを軽くいなし、顔を思い切りはたくと大きな音がした。

目をみひらいて、こちらを見ている。医者が患者を殴ることなどあり得ないとでも思っていたのだろうか。

「甘ったれんな！　お前の人生やろが！」

張られた左の頬を押さえて座る石田は、目の焦点が合っていない。

「ええか、お前は何もせんかったら1週間前には死んどったんや。とうに、この世におらんかったんやで」

反応を示さないが、構わず続ける。

「それをなんや！　人工肛門を作られたからってメソメソしくさって。こんなやつまで連れてきて」

よく見ると金髪の男はガリガリに痩《や》せていて、気の抜けた顔をしている。戦意などかけらもない様子だ。

ぱっと周りを見渡す。美香に加え髪を引っ張られていた看護師と、駆けつけた看護師が3人で怯えて立ち尽くしている。この状況ではじっくり話すことはできまい。

「ちょっと外してくれるか」

美香が頷《うなず》いた。看護師たちは不安そうな顔で部屋から出てゆく。

「このドアホ！」

ぐすぐすとした泣き声が下から聞こえてきた。

「なんやお前、だらしない。あんな軽い一発で泣くなや」

「……だって……人工肛門なんて……俺……」

「だったらなんや！　ストマで頑張っとる人がどれだけおるか知らんのか！」

「……これじゃ一生……童貞のままだ……だったら生きてる意味ないじゃんか……」

意外な単語の登場に言葉を失った。

「え、お前……じゃなかった、石田君。もしかしてそれで絶望して荒れとったんか」

言いながら笑ってしまいそうになるが、懸命にこらえる。アホらしいことで思いつめたものだと思うが、本人にとっては生死に関わるテーマなのだ。

「……だってこんなのあったら誰もセックスしてくれないだろ」

「あのな、そんなことはあらへん」

言いながら、優しい気持ちが押し寄せてくる。キミはまだ若い、ここはおっさんがビシッと教えたる。

「ええか、男の魅力というのはな、そんなもんやない。もちろん見た目は大事や。でも、石田君がめちゃくちゃかっこいい生き方をしとったら、かならず君に惚《ほ》れる女性が現れるんや。ストマがあるからセックスはできない、そんなしょうもない女はこっちから振ったれや」

「きれいごと、言うんじゃねえよ！」

必死に大きい声を出している。

「ほなら、石田君は惚れた女に人工肛門があったら交際せえへんのか、セックスせえへんのか。嫌いになるんか」

「……それは……」

うつむく石田の表情は中学生のようにさえ見える。いまだ成長の途上にあるこの男に致死的な出血や緊急手術、そして人工肛門というのは過酷な運命だったのかもしれない。しかし、こればかりは本人が受け止めるしかない。苦しくてもしんどくても、患者自身が乗り越えるしかないのだ。

「お前はそんな人間やない。もっと優しくて、もっとおおらかな男やろ」

断じると石田は顔を上げた。

「ただ、病気で食事制限をされ、手術まで受けてしもうてちょっとひねくれてしもただけや。違うか」

「……」

返事を聞く必要はない。今日はこれくらいでいい。

友達に名前を訊《き》く。宮川《みやかわ》という名字だと判明した。

「俺があとは収めとく。部屋の片付けだけはきっちりやっとけ。宮川君は髪引っ張った看護師にきっちり謝っとき。そういうのがモテる男やで」

座ったままの宮川を引っ張って起こす。やはり軽い。SNSなどで知り合った同様の病気の友人なのかもしれない。

「大丈夫か」

黙って頷く。間違いない、この男も潰瘍性《かいようせい》大腸炎かなにか消化器の病気を抱えている。白い顔を見てそう確信する。「約束やぞ」と二人に念を押して、部屋を出る。

ナースステーションでは、美香と先ほどの看護師たちが待ち構えていた。

「石田さん、落ち着きましたか？」

美香に心配そうに尋ねられる。

「ああ、もう危害を加えるようなことはないやろ。今頃は床でも拭いとるで」

「先生、本当にありがとうございます」

「いや、それより怪我《けが》はあらへんか」

宮川に髪を引っ張られていた看護師は2年目くらいだろう。直前まで泣いていたのか、真っ赤な目をしている。

「ちょっとショックは受けてますが、大丈夫です」

「すまんな、本人に謝らせるからな」

「看護師はこういうの、慣れてますから。ね？　中尾《なかお》さん」

美香と中尾が揃《そろ》って頭を下げた。

「ま、あとはどれだけ自分に向き合えるかやな。あの歳《とし》でしんどいやろうけど、仕方あらへん。またベッドサイド通うわ。剣崎先生は、今日は出張やったよな」

「そうなのよ。だから助かったわ。センセ、本当にありがと」

急にスナックのママのような物言いをするのだから美香にはかなわない。

頭をボリボリかきながら、ナースステーションを後にする。一連の出来事は主治医の剣崎に伝えておこう。

なんとなくこれからいい方向に向かうような予感を覚える。体力を持て余しているのだろうし、今回のことで自分にも向き合いはじめるかもしれない、というのは見通しが甘いだろうか。引っ叩《ぱた》いてしまったのが院長にバレたらクビになるだろうが、まあ仕方がない。そんなことを気にしていたら、松島直武はやってられないのだ。

口笛を吹きながら、一段飛ばしで階段を降りていった。

「よう、聞いたで。明日退院らしいな」

金曜の夕方、手術を終えてぶらりと石田の病室をのぞくと、ベッドに座り、ボールペンを握ってなにやら真剣にノートに書いているところだった。

「あ、ちょっと！」

さっと隠したので何が書かれていたのかは見えない。

「なんや、エッセイ集でも出すつもりなんか」

「別にいいだろ」

あれから石田は、人が変わったように自らの腹の人工肛門管理を積極的にやり出した、と七沢美香から聞いた。冷やかすと「早く帰りたいからに決まってんだろ」などとごまかす。

「そういえば、宮川君は元気か」

「ああ、ギャル好きミヤちゃんね。大丈夫だよ」

あいつも同じ病気を患《わずら》っとるんか、と尋ねようかと思うがやめておく。本人が言わないのであれば、余計な口出しをするものではない。

「そんならええけどな、ほら、ケガしてたら悪い思うて」

「あれくらい何ともないって。で、なんか用？」

「退院後もちゃんと剣崎先生の言うこと聞くんやで。次の入院は半年後やろ。それまでに大人になってこい」

「なんだよ、大人って。もう充分大人だぜ」

石田は不貞腐れた顔で答えた。

「見た目だけはな。中身も成長してこい、言うとんのや」

「わかったよ、じゃあもういいだろ」

病室を出ようとしたところで、

「なあ、まっちゃん先生」

と呼び止められた。

踵《きびす》を返すと、再びカーテンを開ける。石田はベッドに座り直している。いつになく真剣な表情で、手も膝《ひざ》の上にきちんと置いている。

「なんや?」

「あのさ……」

恋の相談だろうか。それとも初体験の手解《てほど》きか。言いづらそうにするこの若者を待てないのは、とにかくせっかちな外科医だからだ。

「早よ言うてみい。エッセイか」

「いや、やっぱいい」

「やっぱいいって、人を呼び止めといてなんや。気色悪いやっちゃな」

自分の患者だとこうはいかない。主治医ではないから軽口を叩《たた》けるのだ。

「笑うなよ？」

「笑わんよ、君の話は別にオチもないやつやろ」

「そういうんじゃないよ、絶対笑うなよ？」

「ええから言うてみい。おっさんは――」

忙しいんや、という台詞《せりふ》を飲み込み、「腰が痛いんや」と言い直した。若い患者が何かを訴えようとしているときに、忙しい、などとは絶対に言いたくない。

「医者になるのって、難しい？」

「はあ？」

私生活のアドバイスを求めているのだとばかり思っていたから、拍子抜けした。

「まあ、難しいわな。人によるけどな」

「やっぱ、そうか」

「え？　まさか？」

「なんだよ」

石田が視線を落としたオーバーテーブルには、「医者と医学部がわかる」とタイトルが記された大判のムックが置かれていた。何度も隠していたのはこれだったのか。

「医者、目指そうと思って」

絶句した。想定外の言葉だったからだ。はたして、この男に、厳しい医学部受験を突破することなどできるのだろうか。

「石田君……」

「いいよ、もう。あっち行って。忙しいんだろ」

「ちゃう」

18歳という若さで、潰瘍性大腸炎という難病に直面し、出血性ショックからの緊急手術で大腸のほぼ全《すべ》てを失った。そんな石田洋人が、絶望からはい上がり、大きな夢を抱いたのだ。

「やってみるか」

「なんだよ」

真剣な表情に驚いたらしい。

「いっちょ、やったるか。石田君、俺たちの仲間になるか」

「……笑わないのかよ」

伏し目がちにこちらの様子を窺《うかが》うこの少年を見ていて、腹の底から湧《わ》き上がるものがあった。

「ハッハッハ！」

「結局、笑ってんじゃねえかよ！　もういいよ！」

「これはおもろい！　馬鹿《ばか》にしとるんやないで、君、やるやないか。よっしゃ、俺が作戦立てたる！」

自らの身体《からだ》に悩まされ、それを短期間で医学への興味に転じさせた。その意気や良し。この男の根性、とくと見てやろう。

「なんだ、相談乗ってくれんのかよ。な、どうすれば医学部に入れる？　ただし、この俺が、だよ」

「せやな、じっくり2年か3年かけてやな……」

「ダメだ、なにそんな悠長なこと言ってんの。1年で入る。絶対に入る」

「い、1年？」

無茶にもほどがある……が、待てよ……。

「わかった、じゃあまず教科書を引っ張り出すんや。どうせ部屋のどこかに埋もれてるやろ。そこからや」

「わかった。先生さ、連絡先教えてよ。医学部の勉強のことで困ったら相談させて」

「おお、ええで。けど剣崎先生……ま、ええか」

主治医には言いづらいこともあろうし、剣崎は勉強が得意すぎて石田に寄り添うのは難しいかもしれない。なにしろ、東大医学部に現役合格したやつなのだ。ポケットのメモ紙にさっとメールアドレスと電話番号を書いて渡した。

病室を出てナースステーションに足を向けると、ちょうど剣崎がいた。

「石田君、だいぶ良さそうやな」

「ああ、おかげさまで。まっちゃんのおかげだ。本当は主治医を交代したほうがいいんだろうけど」

思わず医学部を目指していることを話しそうになる。しかし、堅く口止めをされているのだ。

「そんなことはないで。もしそうだったら毎日殴っとる。こういうのは主治医じゃない医者とか看護師が話聞くのが一番やんか」

「そうかねえ。ま、また外来で気長に付き合っていくよ」

患者に真摯《しんし》に向き合う相棒ならきっといい関係を作ってゆけるに違いない。治療は友に任せて、俺は受験指導に徹しよう。

その日から石田洋人との濃密な交流が始まった。1日に何度もメールをしてくる。その日じゅうに返信しないと病院に電話をしてくるのですぐに音《ね》を上げ、石田に指示されるがままにラインの連絡先を教えた。

「で、結局さ、医学部に合格するには何が必要？」

「医学部には国公立と私立がある。私立の方が簡単やけど何千万円もかかるからやめとき」

「じゃあ国公立の医学部にはどうやったら合格できる？」

「試験が二つある。共通テストと2次試験や」

「なにそれ。違う種類の試験で学力をみるってこと？」

「せや。せやけど共通テストでメチャメチャいい点取れば、受かる医学部はあるで」

「どっちが難しいの？」

「2次試験や」

「じゃあさ、共通テストの勉強だけ完璧《かんぺき》にやったら、受かるかな」

「せやな、まあそういう作戦もなくもないわな」

やりとりをしていて気づいたのは、石田が非常にしっかりしたものの考え方をする、ということだった。こういう所、地頭《じあたま》がいいといってもいいのかもしれない。
そうかと思えば、いかにも受験生らしい泣き言を送ってくることもあった。
［まっちゃん先生、俺、やっぱりダメだ。もう勉強したくない］
［なんやそれ］
［勉強きつい。面白くない。やめたい］
［急にどうした］
［模試の点数がぜんぜん良くならないんだよ。志望校に医学部って書いても全部E判定だって。まず受からないんだって］
［みんな最初はそこからや。勉強だと思うな、我慢大会だと思え。医者になりたい同世代が北海道から沖縄までおって、みんなで我慢比べしとる。我慢できた上位９０００人が医者になる権利を得るんや］
［我慢大会］
［せや。お前の意志はそんなもんか。医者になりたい気持ちは他のやつに負けるんか。その程度なら今日でやめてしまえ］
［我慢大会なら負けない。もっと苦しいこと、たくさんあったから］

「俺も鉛筆を腕に刺しながら眠気を飛ばして我慢大会に耐えとった。負けるな、洋人！」

石田とその友人が暴れたのはもう半年前のことだ。懐《なつ》かしく思い出しながら4人部屋の病室に入る。

「石田君」

「おっ、その声はまっちゃん先生」

2回目の手術後、1週間が経っていた。人工肛門をなくす「人工肛門閉鎖術《ストマ落とし》」は、ほんの1時間で終わるオペだ。ストマとして使っていた腸を5センチほど切り、残った腸どうしを繋《つな》げる、というシンプルなものなのである。とても経過がよく、あとは排便さえ落ち着けば退院できるくらい、という状況だった。

「あれっ！」

カーテンを開けると、ベッドサイドに女性が座っているではないか。

その女性は恥ずかしそうに軽く会釈《えしゃく》した。石田と同い年くらいだろうか。白と黒のモノトーンでフリフリの、いわゆるゴスロリの格好をした小さい女子だった。黒々としたロングヘアにまっすぐ整った前髪の下、左目を隠す黒い眼帯はファッションなのだろう。自分のにぎりこぶしほどの小顔には、まるでアイドルのような可憐《かれん》さがある。

「えっと、友達か」

「違うよ、彼女だよ。愛莉ちゃん」

「ほんまか！」

念願の彼女ができたんか、などと余計なことは言わない。石田の耳元で囁《ささや》いた。

「大部屋で変なことしたらあかんで。ナースにバレたら怒られるからな」

「なに言ってんだよ！　まだ付き合って2ヶ月だぜ」

そう言って唇を尖らせた。

愛莉は身を小さくして恥ずかしそうにうつむく。

「ハッハッハ、すまんすまん。ええな、青春やな」

いろいろと尋ねたいが、ここはぐっとこらえる。この男の不埒《ふらち》な夢は近々かなうのかもしれない。

「松島先生」

かしこまった口調になった。

「勉強ってめっちゃしんどいな」

「何言うとんや、こんなかわいい彼女作っとって、まあ今年は絶望やな」

「そんなことない、付き合い出してから成績めっちゃ伸びてるんだよね。数学と物理が得意なんだ。じっくり考えれば解けるから、面白いし」

「ほんまか？」

「うん、だって俺、決めたんだ」

石田のまっすぐな視線が、痛いほどだ。覚悟を決めた者は、いつだって美しい。

「愛莉ちゃん、いま看護師の学校に通ってるんだ。だから俺が医者になって、将来一緒に働こうって」

愛莉が両手で顔を覆った。

「あれ、どうしたの？」

狼狽《ろうばい》する石田に愛莉が答える。

「知らなかった。嬉《うれ》しい」

石田の顔はあっという間に真っ赤に染まった。

「え、いや、そんな」

「なんやなんや、おっさんは邪魔みたいやな」

「そんなことないよ」

石田がはにかんだような笑顔をみせる。

「ほな、仲良うな。愛莉ちゃん、洋人をよろしくな」

愛莉が小さく頭を下げた。

カーテンを閉め、廊下を歩き出す。

そうか、ついに彼女ができたか。あの年齢で、病気のある自分に向き合えだなんて酷なような気もしたが、一つこれで石田は成長したのだろう。たまには外科医にもこんな気分になる仕事があるものだ。

ナースステーションで美香や剣崎と、愛莉についてあれこれ話でもしてやろう。廊下の後ろから二人の笑い声が聞こえてきた。

ほぼ毎日続いていた文字だけの交流は、試験本番2週間前にぴたりと止まった。そして1月の共通テストで見事、全科目合計で9割を超える点を取ったと報告があった。志望校については、最初に二人で狙《ねら》いを定めていた四国の国立、土佐《とさ》大学医学部にした。ここは共通テストに加え、面接と小論文だけなのだ。試験会場でも石田はメッセージを送ってきた。

「どうしようまっちゃん。周り、みんなメガネかけててめちゃくちゃ頭良さそう」

「アホ、頭良かったらメガネかけるまで勉強せえへん。お前は1年でここまできたんや。地頭ならお前の方が明らかにええ。性格はしらん」

「なんだよ性格って。面接、だいじょうぶかな」

「大丈夫や。前にも言ったやろ。嘘《うそ》はひとつも言うな、お前のまんまで勝負せえ。それで落とすような大学には行ったらあかん」

「わかったよ。これまで、ありがとね」

それっきり返事はこなかった。「どうだった?」と尋ねても反応はない。そのまま発表の日までメッセージは一つもなかったのだ。その気持ちはわかる気がする。

時折、石田洋人のことを思い出しながらも、松島は激務に追われ続ける日々にまた飲みこまれていった。

＊

石田洋人とその恋人の愛莉を前に、剣崎は慌てて目を拭《ぬぐ》っている。白衣の袖《そで》がぐっしょりと濡《ぬ》れている。問題児だった石田洋人が自らと同じ道を進むため、猛勉強して、医学部に一発合格したことが本当に嬉しいのだ。松島自身も自然と目を潤《うる》ませていた。

「で、これから何を勉強すればいいかな」

スーツ姿の洋人が改まった表情で訊いてくる。

「なんやお前、急に真面目《まじめ》くさって」

「だって俺、他の学生より圧倒的に勉強量が少ないだろ？　大学で落ちこぼれたくないんだ。入学式までにその差を埋めておきたい」

「アホ、そんなんいらんわ。愛莉ちゃんと温泉旅行でも行ってき、泊まりでな」

洋人は顔を赤くした。

「バカ、何言ってんだって」

どうやら二人の恋はまだプラトニックらしい。

「今は気分転換のために遊んどいた方がいいよ。大学入ったら、1年生から生理学とか生化学みたいな医学の講義が始まるから。その時点から頑張ればいい」

剣崎は常に冷静だ。

「さすが剣崎先生。あとさ、聞きたいんだけど、医学部ってやっぱ勉強大変なのかなあ？　俺、ついてゆけるかな」

「まあ、楽じゃないよ。毎日朝9時から夕方5時くらいまではずっと講義漬けだからね。解剖実習だって解剖するだけじゃないし」

「せやで。暗記の量がハンパない」

夜な夜な、1000を超える骨や筋肉、神経や臓器の名称を日本語と英語で暗記したものだ。医学部時代を思い出す。特に国家試験、あれはもう二度と受けたくはない。30冊以上の問題集を1年かけてすべて頭にたたきこんでいく。

朝6時から夜12時まで、半年以上は毎日勉強しつづけたのだ。太り、無精髭《ぶしょうひげ》が生え、髪も伸び放題と同級生は落武者《おちむしゃ》のような見てくれになったものだ。

「そうかあ。でもそうやって頑張ってさ、どうやったら外科医になれるの？」

「えっお前そんなことも知らんのか」

もったいぶって教えてやる。

「ええか、医者になったら好きに科を選べるんやで。まずは医者になることや。そうしたら誰でも外科医になれる」

「え、そうなの？　なんか幻滅するなあ。体力テストとか手先の器用さテストとか、あるのかと思った」

「ははは、そんなのあったら面白いね」

友が実に愉快そうに笑っている。

やがて、「また外来で」と洋人は愛莉と手をつないで帰っていった。

「なあまっちゃん、ひどいよ。全然知らなかった」

「すまん、誰にも口外するなと頼まれてな。俺みたいな適当な人間のほうが相談しやすかったんちゃう？」

「でもさ、たった1年で医学部入るのはすごいな」

「せやな。血が滲《にじ》むような努力をしたんやろ。……剣崎先生、たまには俺らにも、こんなええことが起きるんやな」

考えてみれば、外科医をやっていて嬉し涙を浮かべたことなど初めてかもしれない。

「ビール飲みたいな」

「ええで」

「このまま、行っちゃおうか」

「The One」の喧噪《けんそう》のなかで、かちりとグラスを合わせて乾杯したい。病のつらさを身をもって知る新しい仲間が誕生したのだから。

あいつは間違いなく、いい医者になる。

肩を並べて医局へと歩いてゆく。外科医が飲む酒は、悲しい酒ばかりとは限らないのだ。

メスを擱《お》いた男

3月最後の土曜日、剣崎は一人、綾瀬《あやせ》駅のプラットフォームに降り立った。

天気予報通り、土砂降りの雨音で目が覚めた。築50年を超えたボロいマンションだからか、外の音をあまり遮らないのである。この時期の大雨は珍しいが、幸い気温は低くない。どこか、ぬめりのある春の雨だった。

自分の患者の回診をしたところで、病院からさっさと帰ってきた。さしていたビニール傘が小さかったせいで、たった10分の通勤路でも肩やパンツの裾《すそ》がびっしょり濡《ぬ》れてしまった。冷えた体を熱いシャワーで温め、ひと息ついてまた家を出たのである。

JR綾瀬駅は、都内にしてはそれほど大きくはない駅だ。着替えてきたシャツとフォーマルなネイビーのパンツが濡れては困るが、スマートフォンの地図によると目的地までは駅から徒歩7分とあるから、タクシーに乗るわけにもいくまい。それに、まだ12時を少し過ぎたところだ。約束の13時にはいささか早すぎる。初めて降りた駅だし、少し散策してみるか。

　駅から出て一回り大きいビニール傘を広げ、周りを見渡す。高架下にはいろんな店が並んでいる。なんとなく右に歩みを進める。コンビニ、ファーストフード、スーパー、コインロッカー、牛丼《ぎゅうどん》屋……小腹が減っていることに気づく。そうだ、今日はまだ昼飯を食べていない。チェーン店でもよいが、せっかくの機会だから、地元の店に入りたい。

　もう一度右に曲がり高架をくぐると、目立たないところに「中華料理　富麗」と書かれた看板を見つけた。赤いのれんの下に「営業中」の札が出ている。麻布十番のマンションのすぐ近くの、よく似た名前の超高級中国料理店を思い出すが、あそことはまったく関係ないだろう。ランボルギーニやフェラーリが店の前に並んでおり、そのままレッドカーペットを歩き出しそうな高身長女性が降りてきたのを見たのも一度や二度ではない。およそ縁のない世界が、雨漏りでもしそうなあの畳の部屋のすぐ近くにあることに驚いたものだ。

　ここには間違ってもそういう人種は来ない。迷わずのれんをくぐる。L字型のカウンターに二人がけの小さいテーブルが四つ。人の良さそうなおばさんが「いらっしゃい」と水を持ってくる。壁に貼《は》られたメニュー写真から、麻婆豆腐《マーボーどうふ》定食を選んだ。

冷たい水が喉《のど》に心地いい。

少しの緊張を、好物でほぐしたい。そんな気持ちがないわけではない。いや、もう入院しているわけでもなく社会復帰しているのだから、見舞いではない。面会、陣中見舞い、応援……本日の訪問にはなかなかしっくり来る表現がない。屋上から飛び降りた剣崎の患者を地上で受け止めた結果、脊髄《せきずい》損傷という重傷を負った稲田《いなだ》耕二《こうじ》の見舞いなのだ。いや、もう入院しているわけで

今日は、かつての同僚、稲田《いなだ》耕二《こうじ》の見舞いなのだ。いや、もう入院しているわけでもなく社会復帰しているのだから、見舞いではない。面会、陣中見舞い、応援……本日の訪問にはなかなかしっくり来る表現がない。屋上から飛び降りた剣崎の患者を地上で受け止めた結果、脊髄《せきずい》損傷という重傷を負った稲田医師は、その後数回の整形外科手術を経て、リハビリに精を出した。その結果、車椅子《くるまいす》に座れるまで回復したのだ。

整形外科医ではないから、それがどれくらい凄《すご》いことなのかはわからない。職場の整形外科医に尋ねたら、「そうそうある話ではない」とは言っていた。早いタイミングでの手術が良かったのと、負荷の高いリハビリをどれだけ頑張るか、それに加えて運も必要だそうだ。

麻布中央病院の泌尿器科《ひにょうきか》でナンバー2を務めていた稲田とは、特に親しかったわけではない。手術の尻拭《しりぬぐ》いをしたことはあるが、それくらいのものだ。飲みに行ったり、個人的に話しこんだりするような仲ではない。もっとも、この年齢になれば、松島を除けば他科の医者との距離感などみなそんなものだが。あの男は、好きな医者にはすぐに距離を詰め、まるで学生時代からの友人であったかのような仲になる。決して真《ま》

似《ね》はできない。

ずっと気になっていた。もともとは自分の患者の飛び降りがきっかけで脊損になったのだ。遠因が自分にないとは言い切れない。その罪悪感の切れ端のようなものを拭うために、今日の訪問を設定したのであった。メールでの稲田は淡々としていた。怒っているわけでもなく、絶望しているわけでもない。当然ながら上機嫌という雰囲気でもない。「気をつけてお越しください」という平坦《へいたん》な文面からは、表情がまるで窺《うかが》えなかった。

「おまちどおさま」

四角い盆に載せられて来たのは、平皿に盛られた麻婆豆腐と山盛りのご飯、漬物、スープであった。葱《ねぎ》と花椒《ホアジャオ》の香りが清々《すがすが》しい。

そえられた白い匙《さじ》で葱をよけつつ麻婆豆腐をすくい、ふーっと冷ましてから口に入れる。鼻に花椒の香りが抜け、熱い豆腐が口の中でゆるやかに崩壊する。恐る恐る飲み込むと、まるでゼリーのようにつるりと喉を流れ落ちる。一口で直感する。これは好みの方の麻婆豆腐だ。

これまで数多くの町中華や高級中華で麻婆豆腐を食してきた経験によると、麻婆豆腐は2種類に大別される。一つはラー油を多く使い辛味を出すもので、もう一つは花椒によりそれを演出するものだ。どちらも美味《うま》いのではあるが、ラー油の辛さは、その向こうの肉の旨《うま》みや醬《ジャン》の甘みを覆《おお》い隠してしまう。その点花椒は、しびれ方面のからさなので、他の材料の味を殺さない。人間の舌の味蕾《みらい》細胞は両者を異なるものとして感知しているに違いない。

この豆腐も良い。麻婆豆腐の豆腐は絹ごしに限るということに議論の余地はなかろうが、問題はそのカットサイズだ。サイコロ大のところから、その3倍以上の立方体のお店まで。巨大な豆腐を客に切らせて少しずつ食べさせる店もあるが、これは論外だ。麻婆豆腐に合うのは、大きすぎず小さすぎない、サイコロの倍のものだ。誰がなんと言おうと譲れない。大きいと芯《しん》のほうの豆腐味が強く出てしまい、小さいと麻辣《マーラー》に完全に負けてしまう。フライパンで混ぜる時に崩してしまうのも御法度《ごはっと》だ。あくまで四角い形を保っていて欲しい。その方が、視覚的に美しいからだ。

たまらずもう一口、この赤茶けた食べ物を匙で口に放り込む。舌の先端に電気が走ったような、ビリビリとしたしびれ。あわてて匙のままご飯をかきこむ。熱い。熱くていいのだ。この瞬間だけは、すべてを忘れてしまう。次の一口は豆腐メインである。熱い立方体を前歯で切る。芯まで熱い。喉の奥の方がひりつき始める。鼻の下に汗をかいているのに気づく。コップの水を飲む。

生の葱が少量だけのせられているのも良い。その強すぎる香は、単純なようで重層的な麻婆豆腐の旨みを飛ばしてしまうからだ。

5分もかかることなく、あっという間の愉悦だった。定番である、具なしの味覇《ウェイパァー》のスープを味わい、ザーサイをまとめて食べ、また水を含む。テーブルに置かれた箱ティッシュを取って鼻をかみ、もう一枚で口を拭《ふ》くと荒々しく立ち上がった。レジで800円を支払うと、店の外に出た。背中にかいた汗を、通った風が冷やしていく。

スマートフォンの地図アプリを見ながら歩く。ガラガラの駐車場、古びたビルのマッサージ店の看板、小洒落《こじゃれ》た喫茶店、壁に怪しい物件情報をずらりと貼った不動産屋、つぎはぎコンクリートに舗装された道路と、そこを不愉快そうに走る小型トラック。なんでもない街の、なんでもない風景。長年住んでいれば物語もあろうが、初めてきた、そして二度と来ることのない通りはなんの感慨も与えない。東京という巨大な都市には、そういう面がある。いや、あの麻婆豆腐があるならこの町を再訪してもいいな、と思い直す。通りがかった若い男が、なぜかこちらをじろじろと見ている。

クリニックには本当に7分で着いた。鳥海ビル、と書かれた古い5階建の2階に「ネクスト泌尿器科クリニック」はあった。ネクストとは、性病にかかったら次もう一度受診してくださいね、という意味なのだろうか。

扉を押して中に入ると、グレーの絨毯《じゅうたん》敷きに白い壁という内装で、こぢんまりとしたカウンターに受付の中年女性が一人座っていた。並べられた一人がけの椅子には患者らしき男性が二人、離れて座っている。

「すいません、こういうものでして、今日稲田先生と13時に約束しております」

「お世話になっております。そちら、おかけになってお待ちください」

女性は軽く一礼すると、診察室の方へと消えていった。

若い男の視線を浴び、目をそらす。街の泌尿器科に通う20代の男には、いったいどういうバックグラウンドがあるのだろう。もう一人の男性は初老というくらいの年齢であるから、前立腺《ぜんりつせん》肥大からの頻尿といったところだろうか。

ライトグリーンの椅子に腰掛ける。

やっとここまで来られた。稲田に会うのは、自分のいわば義務であろう。

男性患者二人が会計を済ませ、出ていった。

「先生、診察室2番にお入りください」

女性に言われ、扉を開ける。そこには、車椅子に乗った白衣姿の稲田がいた。

「おお、剣崎先生、すみません本当にお忙しいところ。いやあー」

慇懃《いんぎん》なところは変わらないが、ずいぶん痩《や》せた。以前はじゃがいもに爪楊枝《つまようじ》を4本刺したような体型であったが、いまではちょっとした小太りの中年男性といったところである。においがしそうだった顔もほとんど脂《あぶら》を失っているように見える。長めだった髪は短くまとめられている。

「どうぞおかけください。わざわざ、いや、本当に申し訳ありません」

深く頭を下げられたところで、剣崎は手土産を持ってきていないことに気づいた。会話の滑り出しのために、なにか持参すべきだったのだ。いきなり本題に入るのは気まずい。

患者用の黒い丸椅子に座った。

「いえ、ちょうど休みだったものですから」

違う。俺は嘘《うそ》をついている。今日は午後からどうしても外せない予定があるから緊急手術があっても呼び出しに対応できないよ、と荒井に伝えておいたのだ。

「そうですか、でもお忙しいでしょう」

「そうですね、ここのところ」

お互いに距離を測りつつ、まだ構えた手は下ろさない。ボクシングの第一ラウンドのようだ。しかしこれは対戦ではない。

「あの、いかがですか」

そう言うと、へ？　と稲田は一度とぼけた顔をして、それからこう言った。

「ああ、調子ですか、これの」

これのも何もない。あの一件、つまり稲田が脊髄損傷になってから、整形外科で手術を受け、その後リハビリのために転院していったと噂《うわさ》で聞いた。だが、手術後や転院前にも、一度も病室に顔を出しにいかなかったのだ。どの面《つら》下げていけば良いのだ、と思っていた。

「いやいや、どうもこうもなくてね。あれから手術を受けましてな、それからはずっとリハビリですわ。福岡に脊髄損傷の有名な先生がいると聞いて、飛行機で行きまして、3ヶ月ずっと通って、なんとかここまで来たって具合です」

「そうでしたか」

他に発する言葉が見つからなかった。謝ってしまえばまとまりがつくのかもしれないが、それは逃げではなかろうか。

「先生は、お変わりなく？」

「え、ええ、おかげさまで」

こういうとき、日本語は本当に便利である。自分が変らぬ日々を送れていることに、稲田の貢献はない。だが、おかげさまで、という決まり文句はすんなりと収まる。

「手術なんかも、バリバリやっておられるのでしょうな」

「はい、変わらずやっております。先生は、こちらのクリニックで……」

バリバリやられているのですか、と言うわけにもいかず、語尾をあいまいなまま濁す。

「そうなんですよ、ここは医局の先輩のクリニックでしてな、なんとかこうしてバイトって形で雇ってもらってるんですわ。なにせマンションのローンが終わっとらんもんで」

頭をがつんと殴られたような気がした。当たり前だ。この男にも、家族がいて、支えてきた暮らしがあって、マンションのローンを月々支払っていたのだ。病院にいた頃は、その背景にまで意識がいくことは皆無だった。ただ、手術が下手な泌尿器科医、としか認識していなかったのである。

受傷してから、病院はおそらくすぐに退職しただろうから、収入は労災保険くらいのものだろうか。医療保険にでも入っていなければ、激減した収入と、治療関連で発生した多大な出費により家計へのダメージは相当だったに違いない。

「こちらには、いつから？」

「それが、やっと先月から来れるようになったんです。千住から介護タクシー通勤ですわ。近いのですがめっぽう高くてですね。まあそれでも働けるだけ感謝しなきゃいけませんが」

「千住にお住まいだったのですね」

そんなことさえ他科の医者になると知らない。千住から綾瀬ならそう遠くない。タクシーでも20分もかからないだろう。

「はい。娘がまだ大学生なもんで金がかかります。妻は専業主婦ですから、ちっとは収入のアテを作らんとと思って」

「座位は」

口にしてから、無機質な医学用語に逃げ込んではいけない、と反省する。

「その、座っていられるのですか」

「ああ、なんとか。リハビリのおかげですよ、こんなところまで回復するとは思いませんでしたから」

正直、こちらとしても意外だった。復帰してクリニックに出ていると聞いた時は耳を疑ったものだ。

「それで、先生はどうですかな」

「え？」

「ほら、大学の出世競争から落っこちて、メスもう持てなくなった外科系の医者を見て、どう思いますか」

なんということを聞いてくるのだろう。動揺を隠し、必死に言葉を探す。言葉のわりに稲田の表情はおだやかだ。

「それは……」

「毎日、性病《STD》を診て、勃起不全《ED》を診て、高齢者のおしっこトラブルを診て。それがこれからずっと続くんです」

瞬きさえ、はばかられる。

「いやね、先生。別に意地悪言うわけじゃないんですよ。僕はね、これで良かったんじゃないかって思ってるんです。負け惜しみじゃないですよ。こうやって一度死にかけて、人の世話にならなきゃ生きていけなくなって、ようやくマトモになれたような気がします」

病院勤めだったころの稲田の小さい目は、瘦せたおかげか少し大きくなったように見えた。

「まあ、こういっちゃあれだけど、元気な時にわりと研究の結果も出せましたし。僕の論文で、診療のガイドラインがちょっと変わったんですよ」

そう言って笑う顔は少年のようだ。泌尿器癌《がん》分野で目覚ましい研究の成果を挙げたとは聞いていた。

「こんな体になってから、家族と過ごす時間も増えたんですわ。カミさんとも仲良くなったし、口をきいてくれなかった娘とも、ずいぶんいろんな話ができました。分裂寸前だった家庭は、首の皮一枚でつながりました」

稲田はあまり目を合わせようとはせず、視線は剣崎の膝《ひざ》の辺りを漂っている。

そのとき、外来の裏導線から先ほどの受付の女性がお盆にコーヒーを載せて入ってきた。

「どうぞ」

青いラインで花の絵が描かれた高級そうな白い磁器を二つ置いた。軽く一礼する。

「午後の診察時間は何時からですか」

「ご心配なく、3時からですんで」

「いまは週に何日くらい来ているのですか？」

「週に3日です。出てきた日は午前、午後と働かせてもらってます。すごいでしょ、週休4日です。休みの日は、リハビリ行ったり、本を読んだり、家族で出かけたりしてるんですよ」

「先生が病院におられたころからは考えられないような生活、ですか」

「そうですねえ……」

稲田は目を細めた。

「あの頃は、まあこんなこと外科の先生の前で言っちゃ失礼ですが、我々もとっても忙しくて。毎日手術だ、検査だ、外来だ、緊急だって目が回るような暮らしでした。その合間に研究やって論文書いてたんですから、何のために生きているのかわからなかった。誰かにやれって言われたわけじゃありませんでしたが、麻布中央病院に出る前の生活、大学にいてそのまま教授を目指すってのはそういうことです。臨床も研究もフルにやっていくことしかできないんです。大学の薄給じゃ、貯金なんてまったくできませんでしたけどね」

稲田はコーヒーに砂糖を二つ入れると混ぜ、口にした。自分は飲む気にはなれなかった。

「先生は、これからどんどん偉くなっておゆきでしょう。手術があれだけできて、まだお若くて、上司の覚えもめでたい。あとは論文でも書けばすぐ僕と同じコースですよ」

そうなのだろうか。なんと返答すればよいのか見当がつかない。

「ただね、健康にはくれぐれも気をつけて下さい。僕の場合は怪我《けが》でしたけど、あの事故に遭わなくたってそのうち心筋梗塞《しんきんこうそく》にでもなってたんじゃあないかと思うんです。太っていたし、不摂生だったし」

「そうですか」

医者同士で健康に気遣おうと話すなど、おかしいにも程がある。でも、稲田が言うから説得力がある。

「わかりました」

絞り出すように言う。

違う。こんな話をしに来たのではない。本当に聞きたいことは、伝えたいことは、なんだ。

稲田はゆっくりとコーヒーカップを手に取ると、そのまま口につけた。ぼんやり見ていたが、無意識のうちに、その一連の動作に、とくに気になる所見はない、と判定してしまっている。医師の習い性だ。

メスを擱《お》いた外科系医師の稲田。メスを持ち続けている外科医の自分。

だからどうしたというのだ。

「先生は、オペはお好きだったんですか？」

口をついて出てきた言葉に、自分でもハッとする。唐突な質問だし、今の稲田に聞いてどういう意味があるのだ。

「え？　オペ？」

そんな単語ありましたっけ？　とでも言わんばかりの反応である。

「オペですねえ……私は結構好きでしたよ、ロボット手術もちょうどやり始めたばかりでしたし。まあ下手なもんは下手なんですけどね」

下を向くと自嘲《じちょう》気味に笑った。

なぜそんなことを聞いたのか。二度とメスを持つことのない男に、あまりに酷な問いではなかったか。

「先生は、オペがお好きなんだろうと思っておりました」

心の中ではバカにしていましたが、とは言えるはずもない。

「まあ、もうやることはないでしょうし、アレは、もっと上手《うま》い人がやればいいものですから」

尋ねておいて、そうですか、としか返しようがない。

「これ以上、僕は改善しないんだそうです。リハビリの先生も、整形外科医の先生もそう言っています。そもそも、ここまで戻ったのが奇跡的だそうで」

だから、と稲田は続けた。

「僕の外科人生はあの時に終わりました。剣崎先生も、いつかメスを擱く時が来るでしょう。その時まで、頑張ってくださいよ、先生みたいに技術の高い方が執刀するのが一番なんですから」

「恐縮です」

それから共通の知人の医者の話を二、三して、挨拶《あいさつ》もそこそこに立ち上がった。

頭を下げて診察室を出ようとすると、稲田の声が背中に当たった。

「先生、来てくれてありがとう。嬉《うれ》しかったですよ」

顔だけ振り向き、稲田を見た。車椅子に乗ったシルエットは以前よりだいぶ小さくなった。笑顔の稲田と目を合わせ、もう一度、一礼して診察室を出た。

クリニックを出る。いつの間にか強くなった風が、火照《ほて》った頭を冷やす。駅に向かい、ゆっくりと歩き出した。

事故のために、メスを擱くことになり、さらには出世レースからも脱落した稲田だが、思ったよりも元気そうであった。妻子のためにクリニックで働かざるを得ないという状況は、今の稲田にとってはむしろ良いのだろう。そういう責任を負わなければ、これまで走ってきた一本道から外れた医師はたちまちダメになってしまうだろうから。

信号を待っていると向かいのビルの2階に学習塾か何かの大きな看板が見えた。

「変えられるのは自分と未来だけ」

普段なら目に入っても何とも思わない陳腐なキャッチフレーズが、今日は心に侵入してくる。白地に黒の煽《あお》るようなフォント。

自分と未来は、はたして変えられるのだろうか。

飛び降り患者を全身で受け止めた結果、強制的に自分も未来も変えられてしまった稲田。一方で、何も変わらず好きな外科稼業《かぎょう》を続ける自分。

どちらも、簡単に変えられるものではないではないか。

無責任な言葉だ、と思う。

どうにも気が塞《ふさ》がる。稲田の車椅子姿を目《ま》の当たりにしたからだろうか。想像にしかいなかった稲田が、実際に受傷し今も元には戻っていない現実を見てしまったからだろうか。

こんな日は、さっさと帰って寝てしまおうか。それとも、いつものバーでマスターに愚痴でもこぼしてみるか。

自動改札を抜け、階段でホームへ。緑の顔をした電車はすぐに来た。千代田線で西日暮里駅まで行き、京浜東北線に乗り換えて浜松町で降りるか。いつもなら浜松町駅前の大江戸線の大門に出て麻布十番まで地下鉄に乗るのだが、今日は歩いてしまおうか。どうせ歩いても20分ほどだ。いや、雨が降っていたんだ、と思い直す。雨に濡れた体を少しでも放っておくとすぐ風邪をひくという厄介な体質である。来週も大きな手術が目白押しだというのに、体調を崩してなどいられない。

それでも、なにか、今日は体を動かしたい気がする。吊《つ》り革を摑《つか》みながら思い出したのは田町駅前のジムだ。港区民だと５００円でプールに入れるから、たまに利用しているのだ。

浜松町を過ぎてそのまま田町まで乗り、ホームに降りた。

「港区スポーツセンター」のビルに入るとエレベーターで３階へ向かう。以前作ってあったカードは長財布にしっかり入っていた。土曜日の午後だからか、多くの入場者と行き交う。中高生、高齢の男性、若い女性。プールのある３階で降りてから、水着もタオルも持っていないことに気がついた。たしかここには水着が売っていたはずだ。レンタルがあれば良いと思ったが、考えてみたら十分に洗ってあったとしても気持ちが悪い。

結局、見たことのない「ＣＯＪＩ」というロゴの入った黒いスパッツ型スイムパンツと、同じ黒のキャップ、ゴーグルを買った。家にすべて揃《そろ》えてあるので2セットになってしまったけど、まあよい。どうしても泳ぎたいのだ。

更衣室はそれほど混んでいない。白髪に細身の、やけに日焼けをした老人がドライヤーで髪を乾かしている脇《わき》を通ると、ロッカー前で同い年くらいの男性がちょうどワイシャツを脱いだところであった。白い肌に下がった両肩、薄い胸板、そしてたるんだ腹。情けない体だ。ああなったら男としておしまいだと思う。でも、彼はまだいい方だ。自らの体型をよしとせず、スイミングで加齢に抗《あらが》おうとしているからだ。

人間の体。20歳をピークとして衰えて行く肉体をなるべく若いままに保とうとする欲望は、生存欲求そのものだ。

一つ隣の列には誰もいなかった。下から2番目、134番のロッカーを開けて、水着を取り出す。なにも今急がなくても良いのだが、とんでもない速さで着替えてしまうのは職業病としかいいようがない。なにせこの10年間、1日5回も6回も着替え続けているのだ。全裸になると、新しく買ったスイムウェアを穿《は》いた。キャップを被《かぶ》りロッカーを閉めて、鍵《かぎ》についたピンクのゴムの輪を左腕に通す。

プールエリアに出ると、左の大きい25メートルプールには、ありがたいことに数人しかいなかった。右のジャグジーには二人、高齢女性が入っていた。

両腕を伸ばし、肩から背中にかけての関節や筋肉をストレッチする。前に来たのはいつだっただろうか。月に一度は泳ぐようにしているが、思い出せない。膝を折り、屈伸運動をする。固まっていた足の筋肉を伸び縮みさせ、少しずつ解《ほぐ》していく。

屋内プールというのは独特の空間だ。消毒薬の塩素の匂いと、やたらと音を反響させる壁、高い天井と吊られた色とりどりの旗たち。どこも似た雰囲気がある。

小学生の頃、通っていた水泳教室のプール、あれもことそっくりだった。水泳自体はそこまで好きではなかったが、くたくたに疲れた体を大きな椅子の背もたれに委《ゆだ》ねる帰りのマイクロバスが何だか楽しかった。大踏切《おお》と呼ばれる、三つも並んだ踏切を超えるのに毎回興奮した記憶がある。弟はあっという間に辞めてしまったが、自分は3年くらい週1で通っていた。クロールと平泳ぎ、背泳ぎまで行って、バタフライを習う前に教室を去った。

体温より少し低いくらいで、気持ちがいい。ぬるりと入り、首まで浸《つ》かると手足をばたつかせて体を馴染《なじ》ませる。皮膚というバリアで覆われこそすれ、6割以上は同じ水で構成されたこの肉体。

「泳ぐ人のレーン」には、誰もいなかった。ゴーグルのゴムバンドをきつめに調整する。ゆっくり潜り、壁を強く蹴《け》った。手の指先から足の先まで真《ま》っ直《す》ぐに伸ばし、水の抵抗を極力減らす。蹴りの推進力だけで、3メートル、4メートルすすみ、カエルのように足を曲げると、一度大きく水を蹴った。水を切って体が進む。自分が細長い一本の棒になったような心地がする。

稲田は、泳ぐことはおろか、もう歩くこともできない。ここまで戻ったのが奇跡、とまで言っていた。俺の患者の飛び降りで受傷した稲田。あれは、空から落ちてくるあの男を助けようとして身を挺《てい》したのだろうか。もし突然、人間が落ちてきたら、ほとんどの者は反射的に避《よ》けてしまうだろう。

稲田は、助けたのだ。

両手を左右に大きく回して水を掻《か》き、顔を上げて息を吸う。ふたたび顔を水面に潜らせる。両足で大きく蹴る。あの患者、吹田《すいた》は、飛び降りのあと定期的に通院する予定であったが、しばらく訪れたのち、姿を見せなくなった。稲田に謝罪したとも聞いていない。そのまま、平泳ぎで25メートルを泳ぎきる。ざらりとした青い壁に水中でタッチすると、すっと立ち上がった。肩で息をする。あの患者は、もしかしたらどこかでまた自殺を図っているのかもしれない。いや、既に目的を達成しているかもしれない。稲田をあしておいて、だ。考えても仕方がない。だが思考は止まらない。

ざぶんと水に潜ると、強く壁を蹴った。両足を揃えて伸ばし、細かく蹴る。手は交互に水を掻く、クロールだ。水が手を押し返す。肩の三角筋の線維がぶちぶちと切れていく。息継ぎはしない。そのまま25メートルを泳ぎ切ってしまおう。せいぜいが月1回の水泳だ。半分を超えたあたりで苦しくなる。顔を上げてしまいたい。だが、もっと苦しくなりたい、と同時に思う。次第に手足の先が痺《しび》れてくる。あと少しで壁にたどり着く。タッチした瞬間に顔を挙げ、息を吸う。視界にちかちかと小さい光が点滅する。脳に供給される酸素量が減ったせいだ。浮力に身を任せて上半身を反り、頭の半分を水につける。

稲田のことは他人事《ひとごと》ではない。俺もやがて、いつかはメスを擱いてあんな仕事をするようになるのだ。手術のスピードがどう、深いところの止血がどうなどという議論は意味をなさなくなる。その時、俺はどうなるんだろうか。俺は俺でなくなってしまうんだろうか。肩で息をしながら、高い天井を仰ぐ。もう一度、水にもぐりクロールで泳ぎ出す。全身からなにか煙が出ているような、そんな錯覚に囚《とら》われる。

クロールを6本泳いだところでプールから上がった。腕も、足も、背中も尻も、全《すべ》ての筋肉が疲労している。だが、頭は雨後の空のようにすっきりと晴れた。稲田さん、俺はあなたの分も手術をやる。天から与えられたこの腕と頭を使って。あなたはあなたの医師人生を存分に生きてくれ。

その言葉を伝えることはもうないだろう。クリニックを出るときに、「では、また」と頭を下げたが、「また」の機会はない。はっきりとそれを自覚できたことはよかった。

更衣室に人はまばらだった。水着を剝《は》ぎ取ると、ざっとシャワーを浴びて大きくない風呂《ふろ》に浸かる。奥に短髪の男が一人いるだけだ。熱い湯が全身をほぐしていく。両手で湯をすくい、顔を洗う。もう一度、ざっとこする。これから先、稲田に会うことはない。そしてあの患者――吹田の姿を見ることもないだろう。それでいい。

男は狭い風呂だというのに両足を伸ばし、ゆっくりと開閉している。水流がこちらに届き、気持ちが悪い。ちらっと目をやると、どこかで見た顔ではないか。誰だったか……そうだ、小学校時代の同級生だ。名前は、たしか池田新之介《いけだしんのすけ》といった。実家のすぐ近く、200メートルほど離れた家に住んでいた友達で、シンちゃん、ケンちゃんと呼びあっていた。細長い顔が特徴的だったが、まさか本人か？　一瞥《いちべつ》するが、いや、別人に決まっている。

シンちゃんは、大きな農家の子供だった。200坪ほどの敷地には古めかしい和風建築の母屋《おもや》ともう一つ小さい家が並んでいて、シンちゃん一家は小さい方に住んでいた。小学校の頃はよく一緒にコンクリートの敷かれた庭で野球をやったり、居間でテレビゲームをやらせてもらったりしたものだった。小学3年生の夏から、一緒にプール教室に通い出したのだ。スポーツクラブが経営していたプールでの、あの事件を忘れることはできない。

シンちゃんは、何の仕事をしているのかわからない威勢のいい父、水商売風の若い母、そして背が高く頭もいい中学生の兄と違い、小さくて痩せっぽちだった。プールで見たシンちゃんはガリガリで、あばらさえ浮いていた。おまけに遠視だったようで、いつも目が大きくなるメガネをかけていた。入ったときは同じクラスだったが、水泳が性に合った自分はどんどん昇級してゆき、シンちゃんは停滞していた。行き帰りのバスが一緒だったのでいつも隣に座ったが、プールに着くと別々のクラスに分かれた。

ある日、シンちゃんはプールで溺《おぼ》れてしまった。独りで溺れてしまったのか、それともやたらとシンちゃんに厳しい女性コーチに居残り練習を強制されてのことか、は、はっきりしなかった。ともあれ、プールに浮いていたところを発見された。しかもシンちゃんが所属していたEというクラスのメンバーとコーチが引き揚げたあと、どういった理由かプールに残っていたのだ。

Eクラスはプールの一番端で泳いでいたから、気づかれるのが遅かった。プールは騒然とし、指導者も生徒たちもみな駆け寄った。30～40人はいたのではないか。年長のコーチが人工呼吸をすると、何度か咳《せ》き込んで、すぐに息を吹き返した。そんなことがあったのに、シンちゃんの親は、結局、迎えに来なかった。子供だったからそんなものかと思ったが、今思えばありえない事態であった。溺れた、といっても一瞬意識を失っただけだったのかもしれない。ややこしい家庭の事情があったのかもしれない。ともかくシンちゃんとはその日も一緒にバスで帰ったのだ。そして彼はこう言った。「ケンちゃんはいいよな」と。

「ケンちゃんはおよぐのじょうずじゃん。僕はヘタだからがんばって練習したんだけど、もう、やめるよ。ケンちゃんずるいよ」

なんと返せばいいかわからなかった。自分なりに努力していたつもりだったから、ずるいと言われるのは心外だったし、かといって溺れた相手にそんな言葉を返すべきではないと子供心に思ったのだ。シンちゃんに嫉妬《しっと》されていたのだ、ということを初めて知った日だった。

風呂の向かいの男は、ようやく足の開閉をやめると立ち上がり、風呂を出て行った。出がけにこちらを見た。が、特に反応は示さない。やはりシンちゃんではない。

あれからシンちゃんはスイミングスクールを辞め、学校でも疎遠《そえん》になってしまった。放課後、家にランドセルを置くと、オレンジの屋根をしたシンちゃんの家のインターホンを何度か押してみたが、誰も出なかった。その後、自分は塾通いを始めたから、シンちゃんの家に出向くことはなくなった。小学校で顔を合わせてもなにか気まずく、避けられている気がした。

共に上がった中学は人数が多かったし、クラスも部活も違っていたから接触はなかった。高校を出て、海老名《えびな》の工場に就職したと母から聞いた。シンちゃんの両親は離婚して、あの家に残った父が後妻を取り、その間に子供も産まれたらしく、もう帰ってこないだろう、ということだった。

のぼせてきた。手足を伸ばし、軽くストレッチをする。腕の裏側、上腕二頭筋がすでに痛む。自分という人間は、もしかしたら恵まれていたのかもしれない。気づいていないだけで、さまざまな人に嫉妬をされながらここまで生きてきたのかもしれない。

それにしても、この世界には、二度と会えない人がずいぶんといるものだ、と思う。稲田も、シンちゃんも、ほんの一瞬だけ軌跡を交え、離れていった。会った者とは必ず別れるさだめとわかってはいても、寂しいものだ。だから、人は結婚をして縁を結び、自らの血を引く子を持ちたがるのだろうか。医業に占められた生活だが、いつまでもこうしている訳にもいくまい。

勢いよく風呂から出ると、剣崎は首を横に二度振って脱衣所へと向かった。

白昼の5分間

4月の冷気は完全に去り、梅雨の湿気はまだ来ぬ5月の夜は心地よい。タクシーから降り、鼻歌が出そうになる。小走りで階段を下った剣崎啓介が麻布十番のバー「The One」の重い扉を開けると、薄暗い照明のカウンターの一番奥に手術室看護師の小島りさ、その手前に同僚の外科医、松島直武が座っていた。

今日は、1週間前に行った真夜中の大腸穿孔《せんこう》の緊急手術に、器械出しをしてくれたオペナースのりさに御礼をする会なのである。入り口近くのカウンターには見知らぬ男性二人が座っている。手前の30代前半風の若い男は、太目のジーンズの上に垢抜《あかぬ》けない緑と青のチェックシャツの裾《すそ》をだらしなく出している。その右隣は40歳くらいだろうか、ライトブルーの変な柄のTシャツに妙に明るい色のチノパンを合わせている。

パッと見、同業者に違いないと確信を持つ。およそいい歳《とし》をした社会人で、こんな中途半端《はんぱ》な服装をしているのは業界人か医者と相場が決まっている。

二人もこちらを一瞥《いちべつ》してくる。白いボタンダウンシャツに辛子色のフォーマルなパンツという自分のいでたちも、カタギではないと見なされるには十分なようで、すぐに目を逸《そ》らされた。

話しづらい。が、このバーで医者に遭遇するのは珍しいことではない。

「お待たせ」

「おお、やっと来たな。いつものでええ？」

「なに？　いつものなんて。毎週来てるんじゃないの」

薄手のカーディガンの下に光沢のある素材のシルバーのインナー、下は白いロングスカート姿のりさは、すでに酔っているような表情だ。

奥からマスターの尾根が現れた。

「いらっしゃい」

相変わらず、往年のハスラーのような黒革のベストにタイをきりりと締めている。体育会で鍛えた体に顎鬚《あごひげ》。腰のガンホルスターがトレードマークだ。

「竹鶴《たけつる》のソーダ割、お願いします」

「ＯＫ。なんか食べる？」

「いや、おつまみだけで」

スツールに腰掛けると、りさが並びの良い白い歯を見せた。普段マスク姿しか見ないから、こんな顔だったとは新鮮だ。たしか30代後半だったと思うが、年齢の割には皺《しわ》もなく、アイシャドウにアイラインというのか、濃いめの目元がくっきりした目鼻立ちに似合う。

「ま、たまに来とるな。なにしろ、剣崎先生が酒飲みやから」

「どっちがよ」

松島もすでにほろ酔いなようだ。

「お待たせ」

剣崎の前に細長いグラスが置かれた。無数の小さな泡が、透明な液体の中でしずかに立ち上がる。続いてナッツとチーズが盛られた皿が運ばれてきた。こういう類《たぐい》のものはおおむねサービスで提供してくれる。

「いつもすいません」

軽く頭を下げると尾根はほほえんだ。

「ほな、二度目の乾杯や！　りさっち、改めて、こないだは大変なオペをありがとう！」

三つのグラスをあわせた。松島はいつものビール、りさも同じものを注文したようだ。

ソーダ割を口に入れると、味わうことなく喉《のど》に流し込む。一杯目、それも一口目だけに許されているビリビリとした痺《しび》れが、たまらない。思わずもう一口、含む。

しばらく飲み続けると、話はりさの身の上話に及んだ。

「だから、私はけっこう頑張ったつもりなんだけどさ、何年も仕事を犠牲にして」

カウンターのよく磨かれた一枚板に右肘《みぎひじ》をつき、手の上には顎を乗せている。ラメが含まれているのだろうか、大きな眼の縁がきらりと光沢を放つりさのアイメイクは、暗い照明でもよく映える。

「息子が小学校に上がったとき、いわゆる『小一の壁』でパートで病院外来のつまんない仕事に変わったの。子供の学年が上がったからやっとフルタイムで手術室《オペ》に復帰したのよ」

子供が小学校に上がると預かってもらえる時間が短くなり、フルタイムで仕事がしづらくなる。それを称して『小一の壁』と言うのだと以前、手術室を辞めることになったシングルマザーの看護師から聞いたことがある。

「そうだったんだ」

自分の、40歳という年齢はいい歳には違いないが、恋人さえいない身には小学生の息子など、遠い世界の話にしか思えない。

「剣崎先生、覚えてるでしょ？　私が復帰したてで器械も何にも覚えてなかったの」

「ああ」

復帰一発目のオペが剣崎の執刀する胃全摘《ぜんてき》術だったのだ。ベテランだからブランクがあっても対応できるだろうと、いきなり5時間の手術を当てられたのであった。術式《やりかた》も器械《デバイス》もここ5、6年でずいぶん変わったのだから無理もないと、手術後落ち込むりさに声をかけた記憶がある。

「必死で勉強したのよ」

その後あっという間に熟練の域に達したのだから、たいしたものだ。今では手術室で一、二を争う器械出しの腕前である。知識も豊富で、何を尋ねても的確な答えを返してくれる。

もう少し深く話を聞きたいと思ったところで、会はあっけなくお開きになった。緊急手術で松島が病院に呼び出されたのである。

「二人で飲んどってや」

という松島の言葉に、りさはあっけなく「解散しよう」と応じた。

「剣崎先生も一緒に戻った方がいいんじゃない？」

「まあ、そう言われればそうなんだけど」

「じゃ、また今度しっかり飲もうよ。もうすぐオペ室の送別会もあるし」

そうして3人は、ぞろぞろと店を出た。松島が黒いカードを切って勘定を支払ってくれた。

＊

13時を回る頃にようやく外来診察を終えると、こめかみを両の親指でぐっと押す。乾燥した部屋で喋《しゃべ》りすぎた喉はがらがらだし、パソコンのモニターを凝視し続けたせいで目の奥が痛んでいる。今日は手術の説明が必要な患者が3人もいたのだ。

日替わり定食はなんだろうか。独身の身にはありがたい院内食堂で、剣崎はほぼ毎日昼食を摂《と》っていた。病院3階にあるその食堂は、医師や看護師、その他のスタッフでいつも混んでいる。昼時などは100人ほど座れる席がいっぱいになることもあるのだ。カレー、ラーメン、牛丼《ぎゅうどん》といった定番メニューに加え、ビーフシチューや鰻丼《うなどん》といったものも楽しめる。日替わり定食は小鉢が二つにメインが肉か魚、そしてご飯、さらには納豆か卵のどちらかが選べて500円とリーズナブルなので、剣崎はこればかり食べていた。

1階のホールでエレベーターを待っていると、白衣の右ポケットに振動を感じた。院内PHSの小さい画面は、発信者を「救急外来」と表示している。

「はい、剣崎です」

「先生、手術室の小島です。こないだはありがとうございました」

「いえいえ、どういたしまして」

どうして彼女が救急外来《キューガイ》から電話をかけてくるのだろう。電話の後ろが騒がしいところを見ると、重症患者でも担《かつ》ぎ込まれたのだろうか。

「先生ちょっと……個人的なお願いなんです」

「いいよ、なに？」

「実はうちの子供が調子悪くて」

「こないだ話してた息子さん？」

虫垂炎《アッペ》でもこじらせたのだろうか。

「はい。それが、なんか様子が変なんです」

嫌な予感がする。看護師のこういう直感はだいたい当たる。

「1週間くらい前から風邪を引いてたんですけど、今朝息が苦しいって言うから学校を休ませたんです。で、さっき苦しくなってきたっていうから急いで病院来させたら酸素飽和度《サチュレーション》が低下してて」

小学校高学年のときに本格復帰したということは、息子は現在中学生くらいだろうか。しかし腹部疾患でもない風邪を、消化器外科医の自分に相談するとはどういう了見だろう。

「え、風邪で？」

いけないとは思いつつも不満を含んだ声になってしまうのは、空腹のせいもある。

「はい、先生に、そんなの、すみません。実は耳鼻科の先生に相談したかったんですけど全員手術中で、しかも救急外来にも超重症が来ていて、それどころじゃないっぽくて」

だから外科の自分に、というのはやはり腑《ふ》に落ちない。

「そう」

でもさ、そういうのって一応救急の先生に診てもらって……そう言おうか、逡巡《しゅんじゅん》する。

「そうなんですけど……」

電話の向こうで一瞬の沈黙がある。

「先生お願い！　先生がいいの。なんかおかしくて」

常日頃、りさにはさんざん手術室で急に器械を準備してもらうなど融通を利《き》かしてもらっている。そもそも、こんなふうに頼まれて嫌な気がする医者などいない。

「わかった、行くよ」

「本当にすいません。2番のブースで待ってます」

最初から駆けつけると言えばよかったのだ。電話を切り、自己嫌悪《けんお》が胃を締め付ける。

救急外来に着くと、初療室で救急医が3、4人がかりで何かやっているのが見える。たしかに「大物」が来ているのだろう。あちらに参加したい、などと後ろ髪をひかれつつ、救急外来の外来ブース2番に入る。

「先生、すいません。息子の正太《しょうた》です」

上下えんじ色の手術室看護師用スクラブ姿のりさが深く頭を下げた。

「いま酸素始めたんですが、全然ダメで」

顔に薄緑色の酸素マスクをつけられて細いベッドに横になっているのは、中学生くらいの男の子だった。身長は160センチくらいはあるだろうか。

「いくつ？」

「15歳です」

りさが慌《あわ》てたように答える。

「じゃなくて、酸素飽和度《サチュレーション》は？」

「ごめん先生、92％です」

りさの声には苦笑が含まれている。

それはおかしい。

酸素マスクから毎分5リットルの純酸素を吸っていてこの数字は低い。普通、健康な人間であれば酸素なしで96～98％、酸素を吸ったらすぐ100％に達するものだ。

「既往は？」

「小さい頃は喘息《ぜんそく》気味でしたけど、ほかはなんにも」

「タバコは……吸わないよね」

「おそらく」

「吸いません」

正太がマスク越しにくぐもった声で答え、はにかんだ。いまどきにしては純朴そうな少年だ。角刈りのようなヘアスタイル。運動部所属なのだろうか。

「だよね。聴診器《ステート》、ある？」

「はいっ」

即座にりさが動き、近くのカートからピンク色の聴診器を持ってきた。

「すいません、ちゃちなやつで」

いいよ、と答える代わりにイヤーピースを両耳に装着する。りさが「胸出して」と正太に伝えると、白いTシャツをまくった。

まるで日に焼けていない白い皮膚とその下のしっかりした大胸筋《だいきょうきん》が顕《あらわ》になる。ペラペラのおもちゃのような聴診器を当てる。

右鎖骨《さこつ》下に3秒。左鎖骨下に2秒。そして両胸に当てていく。喘息による喘鳴《ぜんめい》、つまり気管が炎症によりむくんで狭窄《きょうさく》したときの、小さい汽笛のような音は聞こえない。

「喘息発作じゃなさそうだな。気胸もなさそうだけど」

ひとりごちて正太の表情を見る。軽く目を瞑《つむ》ってはいるが、それほど苦しそうではない。

「部活はなにやってるの？」

「バスケ、です」

言いづらそうに声を出す。

「もう一度声を出してみて」

「あー」

喉の奥になにか挟まったような声である。つけているマスクのせい、ではない。

まさか上気道閉塞《へいそく》だろうか？

「風邪、いつから？」

「1週間くらいですかね」

りさが答える。

「喉も痛かった？」

正太は声を出す代わりにうなずいた。

「ちょっと喉、見てみようか」

診察デスクの上にある、巨大なアイスの棒のような木製の舌圧子《ぜつあつし》と古いペンライトを手に取る。

「口開けて、アーッて声出して」

少年の歯は陶器のように白く輝いている。その奥の咽頭《いんとう》の壁と、垂れ下がった口蓋垂《のどちんこ》が確かにちょっと赤い。

「もう一度、アー」

それに合わせて舌圧子を少し奥に進める。

その瞬間、正太が咳《せ》き込み大きく顔を持ち上げた。

「ゲホッ！」

さっと舌圧子とペンライトを引っ込める。あやうく突き刺してしまうところだった。

額を汗がつたう。

「ちょっと赤いけど、そんなに大したことはないね」

振り返ってりさに告げると、正太が背後で奇妙な声を上げた。

「ウグ」

右手を喉に当てて、左手をバタバタとさせている。そして、その目は大きく見開いているではないか。

「えっ、なに？」

何が起きているのだ。

「ちょっと、正太、どうしたの！」

母の大きな声に、みるみる息子の顔が苦しげになる。

「呼吸が止まってる！」

胸が壊れたシーソーのように奇異な動きをしているが、まったく膨らんでいない。

「窒息か！」

どういうことだ。風邪からの窒息？

「緊急挿管の準備を！　吸引するよ！　変なものでも食べた？」

大声を出しつつ、さっと周りを見渡す。

「食べさせるわけないじゃない！　正太！　正太！」

長い髪を振り乱し、りさは両手で正太の肩をつかむと揺さぶる。

「先生！　なんとかして！」

酸素マスクはこういったケースでは何の意味もなさない。指につけられたサチュレーションモニターに目をやると、87％、85％とどんどん低下してゆく。

「完全窒息か」

そうだとすると、5分で心停止に至ってしまう。

りさは正太を揺さぶったり大声でよびかけたりしている。ダメだ、使い物にならない。

「誰かお願い、呼吸停止だ、救急カートを！」

「急ぎましょう」

赤い救急カートを押しながらやってきたのは洞田ゆり恵だった。

「ゆり恵さん！」

こういう時のベテラン看護師ほど助かるものはない。肩までの髪にはいつもながら古風なパーマがあてられており、いかにも世話好きのおばちゃんという風体だが、その辺の医者より遥《はる》かにできるのだ。この人がいてくれるだけで、戦況がかなり好転する。

しかしなぜ突然の窒息なのだ。食べてないと言っていたが実はガムかなにかが口に入っていて、それが詰まったか……

「まずマスク換気しますか？」

ゆり恵の声で我に返る。

「はい」

半分に切ったアボカドほどの大きさのマスクを正太の顔に左手で押し当て、右手はラグビーボールのような緑のゴムバッグを揉《も》んで強制的に空気を送り込む。

「ダメだ、空気《エアー》が入らない」

バッグは硬く、まったく凹《へこ》んでくれない。

どういうことだ。先ほど見た限りでは喉には何も所見はなかった。

「ゆり恵さん、挿管させて。鎮静も筋弛緩《きんしかん》もなしで！」

「それなら私が介助するわ」

りさが、ぐいと袖《そで》で涙を拭《ぬぐ》うと大きな声を出した。

「大丈夫？」

「はい！」

その声には動揺が滲《にじ》んでいる。無理もない、愛する息子の呼吸が目の前で止まっているのだ。

それでも、挿管介助は手術室看護師《オペかん》の得意とする技術だ。ここで戦力になってもらえるのはありがたい。

「じゃあお願いする。ゆり恵さんはモニター装着お願いします」

そう言ってから付け加えた。

「あと静脈路《ルート》確保も」

りさの顔があきらかに引き攣《つ》った。剣崎が心停止を見据えた指示を出したことを理解したのだ。

それでもりさは必死の面持ちで救急カートから銀色の喉頭鏡《こうとうきょう》と袋入りの挿管チューブをピックアップした。手早くライトを一度光らせ、チューブを袋から取り出す。

その傍らで、苦しそうに左右に頭を動かす正太の顔に左手でマスクを押し付けながら、右手でバッグを揉み続ける。だが依然として、バッグは石のように硬い。

まるで空気が入っていかないということを意味している。

埒《らち》が明かない。挿管に移るべきだ。

「できました！」

りさの声が上ずっている。

「じゃあ挿管します！　正太くん、口を開けて！」

苦しそうに顔をしかめたまま口を開けた。

くすんだ銀色の喉頭鏡は鎌《かま》のような形状をしている。

マスクを顔の左に置くと、左手でその刃先を口に入れる。

通常、この挿管という行為は患者を鎮静させた上で行う。意識がある状態では、喉の痛みが強く嘔吐《おうと》反射もあるため極めて難しい。

奇跡的に奥まで刃先が入った。

容赦なく左手に力を入れ、喉を広げる。

「なんだこれは！」

喉の奥には見慣れない景色が広がっていた。

サクランボのような赤い大きな物体が垂れ下がって見え、その下の気管への入り口をふさいでしまっているのだ。

風邪。喉の痛み。窒息。そしてこのサクランボ様の腫脹《しゅちょう》……

「急性喉頭蓋炎《アキュート・エピグロタイティス》か！」

絶望的な気持ちで叫んだ。であれば、ここに管を入れる隙間《すきま》は存在しない。先ほどの診察のとき、舌圧子で刺激してしまい、詰まりかけていたここが完全に閉塞してしまったのだ。

「くそっ！」

悔やむ時間などない。どうすればいい。

正太の体の動きは徐々に低下してきている。モニターには青い文字で53％と酸素飽和度が表示されている。低酸素状態で意識が遠のいているのだ。

『先生お願い！　先生がいいの』

りさの言葉が頭の中にこだまする。銀色の喉頭鏡を口から抜きながら、ふわりと浮き上がりそうになる体を感じると同時に、思考が停止しかける。

「剣崎先生」

ゆり恵に後ろから声をかけられ、ハッとした。

「気管切開、しましょう」

今日は晴れているからピクニックにしましょう、とでも言うような調子なのが、空恐ろしかった。まさしく、ベテランの凄《すご》みだ。

「そう、そうだな。気管切開《キセツ》しよう」

振り返るとゆり恵が早くも台の上に青い紙を広げている。準備を始めているのだ。

「小島さん！　まっちゃん呼んで！」

5秒でも早く気管に到達するためには松島直武の腕が絶対に必要だ。

ポケットから院内ＰＨＳを出し、りさに手渡す。

彼女は震える手でＰＨＳを操作しはじめた。

正太の青ざめた顔に目を移す。右の口角から泡混じりの唾液《だえき》が流れ出ている。流涎《りゅうぜん》。

完全に閉塞しているから、唾液さえも通らないのだ。

なぜ急性喉頭蓋炎の可能性に気付かなかったのか。ちょっとした刺激で喉が閉塞し、窒息に陥ることは知識として知っていたはずだ。

俺はあんな不用意なことを……

「先生、消毒しますよ」

いや、手を止めている暇はない。

「俺がやる！　窒息してから5分しかもたないんだ！　残りは3分！」

剣崎はゆり恵から茶褐色の消毒液が入ったカップをひったくると、正太の首にそのままぶちまけた。褐色の液体が正太の首から顔、そしてベッドの周りに飛び散る。

足に濡《ぬ》れた感覚があるが、構わず続ける。

「器械、広げて！」

言いながら滅菌された手袋を手にはめる。ゆり恵は小さい弁当箱のような「外科縫合《ナート》セット1」を開いている。中の小さい鑷子《せっし》や3種類のハサミ、持針器《じしんき》など15本ほどの道具が露《あら》わになる。

「あと、メスと気切用チューブも出して！」

「先生、気切用チューブ、救急外来《ここ》にない！」

それは困る。チューブを入れなければ、呼吸はできないのだ。

ひとまず気管に穴を開けるところまでを大至急進めねばならない。

「やりながら考えよう！」

「はい！　メス、出しました。局所麻酔《キョクマ》は？」

ちらと正太の顔を見る。意識レベルはさらに悪くなり、顔面は青くなっている。チアノーゼが出ているのだ。

「いらない、時間ないから！」

「松島先生、こっちに来るって！」

りさが涙声で叫ぶ。松島直武はこの病院で間違いなく最も修羅場に強い医師だが、まだ気が抜けない。

「OK、小島さんも手袋つけて手伝って」

「え、私？」

「うん、早く！　時間がないんだ！　器械出しを頼む！」

息子の緊急気管切開など視界に入れたくもないだろう。しかしながら、救急外来のゆり恵はベテランとはいえ、さすがに手術の介助はこなせない。オペナースキャリアの長いりさならば、耳鼻科の気管切開術にも立ち会ってきたに違いない。

「無理、無理よ私……」

何度も呟《つぶや》きながら、それでも手袋をはめている。

「時間ないから始めるよ！」

中央に直径10センチメートルほどの穴の開いた鮮やかなブルーの大きな紙、通称「穴開き」をばさりと首にかける。顔面が完全に隠れ、穴開きは正太の胸元までを覆《おお》った。

「メス！」

この手術はプロの耳鼻科医であっても最低20分はかけてじっくりやるものであ

る。翻《ひるがえ》ってこちらは畑ちがいの医者だ。いつぶりの気管切開か、思い出せもしない。

あと3分以内に気管にチューブを入れなければ、脳死はまぬがれない。こうしている間にも、酸素の供給が断たれた脳の細胞が少しずつ壊れてゆくのだ。

りさが手渡すメスはぶるぶると震えている。

のどのどこを切るべきか。そうだ、目指すはただ一つ、輪状甲状靭帯《りんじょうこうじょうじんたい》だ。迷う暇はない。大きめに切るのだ。

左手で甲状軟骨、つまり、喉仏の膨らみに触ると、そのすぐ下にメスを置く。ぐいと皮膚に押し付け、一瞬で手前に引く。5センチメートル皮膚が切れたと同時に、正太の頭が動く。

意識はなくとも、人間は痛みに反応するのだ。

「ゆり恵さん!」

そう叫ぶと、ゆり恵は正太の頭の上に立ち両腕でがっちりと頭を押さえつけてくれた。ありがたい。これで心置きなく手術を進められる。

「ガーゼ!」

りさが手渡してくれる。

噴き出す血は少し黒ずんでいる。酸素が不足すると血液の色はたちどころに悪くなる。

「ペアンありますか！」

小型のハサミのような道具、ペアンを使いたい。

「ペアンペアンペアン……あった！」

がちゃがちゃと銀色の道具が並ぶ中を探し、りさが渡してくれる。りさがいることでスピードは倍くらいになっただろう。

「ゆり恵さん、吸引《サクション》出しといて！」

頭を押さえながらどう準備するのかわからないが、ゆり恵ならきっとうまくやるだろう。とにかく集中するのだ、この少年の救命に。

血だらけの喉をガーゼでぬぐう。普段なら電気メスで焼灼《しょうしゃく》することで止血できるのだが、今日は刃物しかない。仕方ない。

右手の人差し指を傷の中に突っ込み、ぐりぐりと目当てのくぼみを探す。目的の靭帯はほんの5ミリメートル幅ほどでしかない。喉仏のすぐ下で、輪っか状になっている輪状軟骨の上。血液がたまって視認できないから、指先の感覚だけで探し出すしかないのだ。

「くそっ、どこだ！」

発見できぬまま指を抜くと奥から血が湧《わ》いてきた。

まずい、出血したか。まさか腕頭《わんとう》動脈ではないか……そんなことを思い、血の気が引く。人差し指ほどの太い動脈をもし裂いていたら、即大量出血である。

落ち着け。これは動脈ではない。動脈なら俺の顔にかかるほど噴出しているに違いない。いま切っているのは、甲状腺より上のレベルだ。人体の構造上、大きな《メジャーな》血管は存在しないはずだ……

「ガーゼ！」

白いガーゼを突っ込むと、血でみるみる赤く染まる。

ここには甲状腺動脈・静脈しかないはずだ。それらを損傷してしまったというのか。

このあたりの血管の走行については、細かく把握していない。頭頸《とうけい》部に明るいのは耳鼻科医か食道外科医、それに口腔《こうくう》外科医くらいのものだ……

「ガーゼもう一枚！」

正太の首の傷の中にガーゼを2枚、3枚と突っ込んでいく。こうして圧迫し、1分も待てば血は止まる。

しかし、今は窒息中だ。その時間はない。

とにかく、手が欲しい。手が足りない！

「耳鼻科医か、荒井かなんかいる？」

「先生、耳鼻科は全員オペ中です！」

そうだった。だからこそ、消化器外科の自分が呼ばれたのだ。

「じゃ荒井に電話して！」

医師になって4年、外科修業中のあの男に手伝わせよう。

叫んだ瞬間に、後ろから応答があった。

「先生、どうなさいました！」

荒井であった。なんとタイミングの良い男だ。

「早く手袋履け！　緊急気管切開だ！」

「は、はい。ええと、ナナの手袋をいただけますか？」

「自分で取れ！　救急カートの中！」

何が起きているのかわからず、荒井は混乱しているようだ。

「いま、これ、オペ室の小島さんの息子さん、窒息して挿管しようとしたらダメだった。Acute Epiglottitis だ」

「はっ、アキュート？」

焦《あせ》りから思わず英語で告げてしまった。

「急性喉頭蓋炎《こうとうがいえん》！　いいから大至急、気管切開してんだよ！」

「荒井先生、助けて！」

りさが涙声で叫ぶ。危機においては半人前の医師であってもありがたい。

「了解です。助手荒井です、お願いいたします！」

こんなときでも手術に入る挨拶《あいさつ》を欠かさない。

おかげで少し冷静になれた。

「正確にはいま、輪状甲状靭帯切開をしている、その途中でおそらく甲状腺の血管を傷つけ出血してる」

説明しながら、頭の中で整理をしてゆく。

「出血コントロールしながら1秒でも早く気管を切りたい、わかるか」

「ははっ！」

荒井も気合い十分だ。

「じゃあ、指でガーゼを押さえてくれ」

荒井が指で圧迫し止血している間に、一気に気管まで到達したい。

「そこ、いやそうじゃない！」

再びみるみる血が上がってくる。

「もっと強く、違う、こっちだ！」

荒井の指を持って動かすが、ここぞというポイントに指を置くことができない。

「ダメなんだ！　それじゃ！」

このまま脳死か……

一瞬、目をつぶる。荒井では視野が作れない。

これでは進められないのだ。

その時だった。

「なんやこれ！　なにしとんの！」

顔を上げなくてもわかる、相棒のお出ましだ。

大柄の松島が剣崎の後ろから覗《のぞ》き込んできた。

「まっちゃん、小島さんの息子」

「なんやて！」

りさは目に涙をためて頷《うなず》く。

「急性喉頭蓋炎で窒息、時間がない」

りさは電話で詳しく話さなかったようで、松島は目を白黒させている。

どうして剣崎が、なぜいまここで、などの疑問を瞬時に浮かべて打ち消す。優れた外科医はこういうとき、すべての疑問を捨て去ってただ行動する。

「挿管しようとしたら喉頭蓋《エピグロ》が真っ赤でダメだった。だから輪状甲状靭帯切開に切り替えて」

「待っとれ」

こういう超緊急の処置は松島に一日《いちじつ》の長《ちょう》がある。

「ゆり恵さん、窒息してから何分経《た》った？」

「呼吸停止と聞いてから……4分、いや4分30秒です」

「ほな、30秒で開けようや！」

凄《すさ》まじい速さで手袋をつけた松島は、「代われ」と告げて荒井をどかせた。

「出とるの、静脈《ベイン》やね」

すっと差し入れた左手の人差し指で、血はすぐに止まったようだった。右手ではガーゼで傷の中の小さい血の池を拭っていく。

あっという間に、正太の首の内部が顕になった。

「ありがとう」

松島は返事をする代わりに荒井に指示を出した。

「ガーゼじゃんじゃん！」

剣崎が喉に突き立てるようにペアンをまっすぐ差し込み大きく開けると、松島は直角に曲げた人差し指をその隙間に入れ、筋肉を引っ掛けて両側に広げる。同じ操作を2回、3回と行う。

大きめの皮膚切開にしたのは正解だった。松島の太い指でもこれなら十分に視野を取れる。

「よし、あとちょっとや！」

松島の声かけが入ると、肩の力が抜ける。どれほどありがたいサポートだろうか。

「ここや！」

いささか黒ずんだ血液にまみれてはいるが、おそらく目的の靭帯に辿《たど》り着いた。

「メス！」

鉛筆を持つように握り直して、鋭い直角三角形の刃先を喉に向ける。

しばし躊躇《ためら》った。

ここで良いのか。違うところを刺したら出血する。狙《ねら》い通りでない場所で気管が無用に傷付けば、チューブがうまく入らないかもしれぬ。

次の瞬間、松島の声が遠くから聞こえる。

「行ったれ！」

時間が引き延ばされ、指の動きがスローモーションのように感じられる。りさの鼻を啜《すす》る音も、心電図モニターの音も、より低く、ゆっくりと耳に入ってくる。

迷うな。正太をこの世界に留《とど》めるのだ。

切らねば死ぬ。このメス先に正太の人生が、そして小島りさの人生が乗っているのだ。くそっ。怖い。たまらなく怖い。場所を間違っていたらどうする。血のせいで視認は出来ていないのだ。

それでも切るしかない。

このメスは、俺の生き様《いざま》そのものだ。外科医として生きてきた証《あかし》だ。これまで外科医をやってきた。これからも外科医として生きてやる。

「よし！」

パチンとスイッチが入ったかのように、声を出した途端に周りが普通の速さで動き始める。

全《すべ》ての想《おも》いをメスにこめた。プツリという感覚とともに、生暖かい風が顔に吹きかかる。

「来た！　気管だ！」

メスを立てて、ノコギリのようにキコキコと上下に動かし、真横に一直線で1センチほどの穴を開ける。

「チューブや！」

りさにチューブを手渡される。小指ほどの太さの透明なチューブには、青いラインと深さを示す目盛りがつけられている。小さく開けられた気管の傷から強引にチューブを押し込む。抵抗はない。

「何センチ？」

「10センチでええ！」

「入った、カフ膨らませて！」

喉から手を離した松島が注射器《シリンジ》を手に取り、細いチューブに接続して一気に空気を入れる。

「バッグに繋《つな》ぐで！」

りさにバッグを渡された松島がねじ込むようにチューブと接続した。剣崎はチューブが抜けてしまわないよう両手で押さえる。

入れと念じる。もしこれが別の経路に誤挿入されていたら、アウトなのだ……

松島がバッグを一揉みすると、正太の胸が大きく上がった。

「来た！」

何度も揉み続ける。ひとまず気管切開は成功した。30秒以内にチューブを入れるという恐るべき所業だ。松島がいなければ、そしてゆり恵とりさがいなければ絶対に不可能だっただろう。

あとは、脳がどれだけのダメージを受けたのかだ。

「いま、呼吸停止から何分や」

「5分ちょうどです」

ゆり恵が答える。時間という意味ではギリギリ間に合ったかもしれない。

モニターを睨《にら》みつける。酸素飽和度は、50%、62%、76%と数秒ごとに上昇してゆく。

ほっと息を吐く。まさに心停止、一歩手前であった。

「固定で縫合《ナート》するよ。鎮静剤《プレセデックス》を入れよう」

「さすがや、剣崎先生」

りさの手前か、松島は茶化したりはしない。デジタル表示に目を移すと、酸素飽和度は100%を達成していた。

「ふう」

いつのまにか汗だくになっていた。腕で額をぬぐう。

正太が目を開けた。意識が戻ったのだ。声を出そうとするが、気管切開をしたため、発声は出来ない。

「おれ、どうなっちゃったの？」とその目が語っている。

「正太！　わかる？　お母さんの顔がわかる？」

りさが覆い被《かぶ》さるようにして、正太の顔を懸命に覗き込む。

「わかるならうなずいて！　お願い！」

すると、正太はニッと口角《こうかく》を上げてゆっくり首肯した。額には玉のような汗をかいており、湿ったまつ毛は束になっていた。目の光は、弱くない。

「正ちゃん！」

りさは大声を上げると同時に、膝《ひざ》から崩れるとその場にすわり込んでしまった。りさの言っていることが理解でき、さらに頭を動かすことができている。

「おっしゃ、脳も生きとる！」

正太の脳のダメージは、ほとんどないと考えていいだろう。

全身の力が抜けていくのを感じた。嬉《うれ》しい、というよりはホッとした、というのが正直なところだ。なにせ母親の目の前で息子を死なせる寸前だったのだ。

こんな危ない経験をしたのはいつぶりだろうか。外科医といえど、ここまでの事態にはそうそう出くわさない。

「先生たち、ホントにありがとう」

りさはその場に座り込むと、両手で顔を覆って泣きはじめた。

「死んじゃうかと思ったー!」

「もう大丈夫だよ、小島さん。抗生剤とかやればきちんと治るから」

「違うの、私のせいで……私が帰らなかったから……」

夜勤だったのだから仕方があるまい。自宅にいたところでこの事態を防げたとも限らないのだ。

そんなことを考えながら、剣崎は赤みを増してゆく正太の顔を見ていた。

「よかったよかった。アタマも間に合ったなあ」

松島は嬉しそうだ。

「そうだね、無呼吸はマックスでも6分くらいだから、大丈夫だと思う」

「ほな、俺虫垂炎《アッペ》のオペ行くから」

満面の笑みで手を挙げて去っていく。

「ありがとう!」

背中に声をかけた。この男がいなければ、救命できなかった。

すぐ向こうには死があった。山の向こうではない、ほんの丘の向こう側だ。ギリギリのところで引っ張り戻したのだ、この少年を、そしてこの母の人生を——。

興奮が冷めるにつれて、肩と首の痛みに気付く。過剰に力が入っていたのだろう。弛緩していく体の重みに身を任せつつ、しばらく剣崎は正太の顔を見つめていた。


「それで、結局どうやったん？」

「うん、頭のＭＲＩの所見は全然問題なくて、少年はＩＣＵですやすや寝てるよ」

夜９時を過ぎたあたり、仕事を終えた剣崎と松島は医局のソファで話していた。誰もいない静かな医局では、夜中のコンビニのような無機質な蛍光灯が眩《まぶ》しい。松島はあのあと虫垂炎の手術に行き、剣崎は再び外来患者の対応に追われたのだった。

「しっかし、風邪引いたってんで剣崎先生に電話するなんて、ありさっちも大胆やけど勘がええな」

上下ブルーのオペ着に身を包んだ松島は、嬉しそうに背中をかいている。

「最初は驚いたけどね」

笑いながら、ポケットの中で振動するＰＨＳを取り出した。

「はい、剣崎です」

「あ、先生？　手術室の小島です」

声は明るい。

「お、ちょうどまっちゃんと小島さんの話してたところだよ」

「あらやだ、先生今どこいるの？」

「医局だけど」

「ちょっとそっち、行ってもいい？」

医局に看護師が入ってくるのはあまり見たことがないが、時間外だし一対一で会うわけでもない。問題ないだろう。

「いいよ、奥のソファのとこにいるから」

電話を切ると松島が言った。

「え？　りさっち、来るの？」

「うん、なんかわかんないけど」

それから3分ほどでりさはやってきた。

「おつかれさまです」

仕事を上がってから着替えてきたのだろう、男物かと思わせるようなサイズの大きな白いシャツに、明るいブルーの細身のデニムパンツというでたちは、白衣かスクラブ姿しかいない医局で明らかに浮いている。足元の黒いピンヒールのパンプスをコツコツと鳴らしながらゆっくり歩くりさの背中は丸まっていた。

「剣崎先生、今日はホントありがと。助かりました。松島先生もね」

かしこまった口調で言うと、一礼した。

「いえいえ、けっこう元気そうで安心だね」

さきほど剣崎はＩＣＵで患者を見てきたのだ。38・5度の高熱が出てはいるが、剣崎を見るとベッドの上で頭を下げる仕草をした。血圧や脈拍も落ち着いているし、呼吸も問題ないようだった。

「彼、すごく礼儀正しいよね」

「そう？　先生にだけよ。反抗期で大変なんだから」

りさはソファの剣崎の隣に腰掛けながらため息をついた。

15歳といえば、そんな年齢だろうか。そう言えば、あの頃、自分も親とはいっさい会話をしないようにしていた。サッカー部の部活を終えて帰宅すると、一言もしゃべらず食事を摂った。それならまだいい方で、帰り道に我慢できずラーメンを食べた日には、親になにも言わずに玄関からそのまま自室にこもったものだ。

冷たいようだが、部活に悩み、勉強に悩んでいたのも事実だ。母はそんな自分に声をかけてくれたが、父は無関心だった気がする。その後、5年くらいはまともに話さなかったのではないか。4歳下の弟は親とうまくやっているようであったが。

「母ちゃんは大変やな」

松島が空気を和ませる。

「ナースが終わったら今度は家では母親か」

「そうよ。でもね、私本当に反省しちゃった。まさかあんなことになるなんてね……」

あんなことの一言で片づけられる事態ではなかった。

「しかし急性喉頭蓋炎とはな、衝撃や。外科医が診ることはまずないんちゃうかな。それこそ耳鼻科が腹痛診るようなもんや。耳鼻科、なんか言っとった?」

そうだ。稀《まれ》だが超重症で訴訟にもなりやすいこの疾患は、まさに耳鼻科医のフィールドではないか。

「親しい先生がいたから聞いてみたけど、『気管切開が終わってるんだったらもう抗生剤しかやることない』だって」

りさは目を大きくする。

「耳鼻科で診てくれることにはなったけど」

足を組み替えて松島が答えた。

「まあ、そんなもんやろ。出番取られて悔しいんちゃう？」

ハッハッハ、と松島に笑い飛ばされる。それはそうかもしれない。それにしても、耳鼻科からこちらに一言あってもいいような気がする。

「でもさっち、ほんまによう剣崎先生に電話したな。他の医者だったら完全にアウトやったで」

「そんなことないって」

右手を振って否定した。とはいえ、緊急気管切開をすると決断し、そのまますぐ切れて気道を確保できる医者はほとんどいないだろう。

「でも、焦ったよ、いきなり息が止まった時は。呼吸停止で挿管するケースはよくあるけど、挿管できないパターンは初めてだ」

言いながら、あの切迫感が蘇《よみがえ》る。組んだ両手のひらがじっとりと汗をかく。

「剣崎先生、本当にありがとね」

もう一度深くりさが頭を下げる。ツヤのある黒髪が揺れる。

「いいえ。もう二度とやりたくはないけどね」

いたずらっぽく笑うりさは、自分とそう年齢は変わらないのだけれど、若々しく映る。

「ですよねぇ」

「ところでまっちゃんさ、緊急の場合、輪状甲状靭帯切開の他に気道確保の方法ってあるの？」

患者の母親の前でこんな話をするのは不謹慎だが、まあ看護師のりさならいいだろう。息子も助かったわけだし。

「うーん、ないわけやないけど」

松島は天井を仰ぎながら続けた。

「昔いたとこで病院食をつまらせて窒息した患者を診たときは、どう吸引してもあかんかったから点滴《サーフロー》の針の太いのを喉にぶっ刺したことがあったな」

「そんな方法があるの？」

りさが上半身をのけぞらせ、両手を口に当てて驚く。

「14G《ゲージ》か16G《ゲージ》くらいの太いのを入れるんや。そこに小さい注射器《シリンジ》をつけてな、挿管チューブを接続する水色のコネクターがちょうどくっつく。それでバッグ換気できるから数分はなんとかなることもある」

「すごいわね、それ。ドラマみたい」

「でも完全に忘れとったわ。そんなん滅多にやらんし」

松島は照れくさそうに語る。

「それに細い針はすぐ抜けてまうから、今日みたいに『大急ぎで切る』のが正解やと思うで」

「そんな方法あったんだ、知らなかった。さすが、まっちゃん」

やはりこの男、くぐってきた修羅場の数が違う。胸の奥の嫉妬《しっと》がむくりと頭をもたげる。

「そんなことはええんや。ま、はよ退院できるとええな」

「そうね」

りさが小さくため息をつく。

「私ね、まずかったなって。ずっと正太を一人で家に置いといたのよ」

「そうなん？　旦那《だんな》はなんやったっけ、脳外科医やったっけ？　私立の大学病院の先生やな、たしか」

「うん……まあ、そうなんだけど」

「ノーゲやったら、家におらんもんな」

脳出血や脳梗塞《のうこうそく》など、分単位での処置を求められる脳外科医。アクティブな大学病院なら夜中でもしょっちゅう緊急手術があるだろうから、家庭など顧みられるはずもない。

「いや、そうじゃないのよ」

顔を曇らせたりさは、持参したミネラルウォーターのペットボトルを指でいじりながら話し始めた。

「出てっちゃったの、3ヶ月前。だから息子はほとんど一人で家にいて、私は夜勤だったから……」

「え？　どうゆうことや？」

松島が突っ込むと、りさは周りを見渡した。

医局にこれから誰かが現れることはほぼないだろう。さすがに平日でも21時を過ぎると、当直の医者以外は帰宅しているのだ。

「こないだ麻布十番のバーで飲んだとき、子供の話したじゃない。小学校高学年になったからフルタイムでオペ室に戻ったって」

「そうだったね」

剣崎が答える。

「実はその頃、正太は不登校気味だったの。クラスで色々あったみたいで、毎朝、頭が痛いとかお腹《なか》が痛いとかで学校に行けなくなっちゃったんだけど、旦那は仕事仕事で全然お構いなし。ひどいのよ」

りさはミネラルウォーターに口をつけてから続けた。

「ちょっとは正太のこと、考えてやってよって言ったら、『あいつは脳腫瘍《のうしゅよう》じゃないだろ、脳出血じゃないだろ。俺の患者はみんな命がかかってんだよ』なんて言うのよ」

「……アホちゃうか、そいつ」

松島はぼりぼりと頭をかき、そう言い放った。

「それなのに、脳外科医の旦那は病院のナースと出来てしまったわけやな」

わかるよ、と言ったふうにふんふんと頷いている。

「それが、そうでもなくてさ」

「あれ、旦那の浮気やないん？」

「うん。できちゃったのよ、好きな男が」

セリフとは裏腹に、深刻な顔でりさは言った。

「え……旦那にか？」

「違うわよ」

「もしかして、りさっちに？」

「うん」

驚きの展開にソファからずり落ちそうになった。

「もしかして院内なんか？」

「そんな面倒なこと、しないわよ。ダルちゃんのトリマーさんなんだけど」

「なんや、ダルちゃんって」

「トイプードル、飼ってるのよ。ダルビッシュ投手が好きだからダルちゃん。トイプードルって毛が伸びるの早いからトリミングに月一回行くんだけど、担当のその人、小安《こやす》さんっていうんだけどすっごくいい人で。連絡先交換して」

「して？」

松島は面白がっているように見える。

「いつもダルちゃんがお世話になってますって、中目黒《ナカメ》のイタリアンに行ったの、息子がボーイスカウトの合宿のときに。ゴハン食べただけで別になんかあった訳じゃないんだけど、すっごい癒《いや》されるのよ」

どうにも、コメントがしづらい。トリマーには、女性が多いと思っていたが男性もいるのか。

なんとなく動物好きの男性は、そういうことを、つまり客の女性と食事に行くなんてことはしないイメージを抱いていたが、そうでもないらしい。

「トリマーとねえ」

松島も同じ感想を持ったようだ。

「その人はね、顔が整ってて中性的なのよ、韓国アイドルみたいな。ぜんぜんぐいぐいくる感じじゃないんだけどね」

恥ずかしそうにりさは俯《うつむ》いた。

「ホンマか。向こうはどう思っとんのや、りさっちのこと」

「え、そんなのわかんないわよ。でも毎晩メッセージをやり取りしてるし、まあ暇つぶし程度には思われてるんじゃない」

言いながら、まんざらでもなさそうだ。

「で、シャワー入ってる間に携帯見た旦那に小安さんとのやり取りがバレたの。なんか、ちょっと、ラブラブな雰囲気のやつ」

わかるでしょ？　と言ってりさは二人の顔を順に見た。

「ラブラブって？」

「大したもんじゃないわ。だってなんにもないんだから。温泉が好きって話になって、いつか箱根にでも行きたいよね、みたいなそんな程度よ」

「ほお、そりゃまたえらい具体的やな」

「そう？　私シラを切ったんだけど、『お前がそういうことしてるなら俺にも考えがある』って言って、数日後にあっさり出て行ったわよ。あれよあれよという感じでいま離婚調停中」

「さよか……もともと冷えとった関係に決定打となってしもうたわけやな」

松島の言葉を遮るように、

「じゃ、小島さんが悪いんじゃないか」

非難の言葉が口をついて出る。

「まあ、そうなんだけど……向こうだって女がいたんじゃないの？　そんなあっさり出ていくんだから」

一理あるかもしれない。

「そしたら夜勤のたびに子供が一人になっちゃったのよ。月5日も」

「さよか……」

松島はそれだけ言うと、黙りこくった。

すぐに感想を述べないのは、いつものことではある。手術中ではないのだ。こんな難しい案件に即答する必要はない。そうやって自分の中でバランスを取っているのかもしれない。

「昨日の夜だって、私か旦那がウチにいて正太のことを見てたら、こんなことにならなかったんじゃないかって……」

急に涙声になる。

「旦那、夫としてはクソだったけど、あれでも一応、医者としては優秀だったから」

慰めてやりたいと思うが、自分のせいでパートナーが出て行ったのだから、因果応報ではないかとも感じる。

「確かに、不在はよくなかったね」

遠回しに非難めいたことを言ってみる。

しばらく、気まずい沈黙が流れた。

「でも、本当に助かってよかった」

りさが話を戻そうとしたところで、組んでいた両手をみつめたまま松島が口を開いた。

「りさっちは悪くないやん」

そう言い切ったので驚いた。

「りさっちは旦那にずっと我慢しとったんやろ。本来なら別れてから新しい恋愛を探せば良かったんやろうけど、細かいことはこの際ええ。子供がいて全然家に帰ってこん父親なんて、父親ちゃう、ただのATMやろ」

その口調は、慰めというよりは自分の信念を語っている風であった。

「いや、俺だってそんな偉そうなこと言えん。昔勤めてた病院のオペ看と結婚したけど、たった2年で別れたからな」

前に少し聞いたことはあったが、話したくなさそうだったので剣崎から水を向けたことはない。

「結局、俺も仕事一色で、特に若かったから手術が終わってからもカルテチェックだ、学会発表の準備だ、論文だってずっと病院おったんや」

「想像つくわ」

りさは肩をすくめた。

「子供がおったら俺は外科医なんてとっくに辞めとったと思うけどな。こんなむちゃくちゃな生活しとって、人と暮らせるわけないやん」

それはそうだ。だから自分はいまでも独身なのだ、と胸を張って言うつもりはないけれど、その理由は決して小さくない。

「そうよね。行ってきまーすって出て行って3日帰って来ない、久しぶりに帰ってきたら2時間でまた呼ばれる、なんて感じだった」

「だから俺は、旦那のことそんな偉そうには言えん。でも、控えめに言っても、ずっと前にその結婚生活というか、家族は、破綻《はたん》してたんやないか」

そうかもしれない。

でも、だからと言って余所で恋愛して良いものだろうか。

「実は離婚したとき、なんやほっとしたんや。彼女の人生を明らかに無駄にしとったし、早く帰らなあかんストレスがなくなったし」

「ナースも夜勤があるからね。夜勤明けは疲れてるからすぐにベッドに潜り込みたいし」

「医者と看護師の夫婦はだいたい看護師のほうが仕事辞めてるからな。医者同士はとっとと別れるところばっかりや」

「なんだか、切ないわね。私たち、結婚しちゃいけないってことかしら」

「俺は……」

沈黙が訪れたタイミングで見切り発車で話し出した。

「俺にはよくわからない……けど、仕事と家庭を天秤《てんびん》にってのも困っちゃうよな」

「せや、よく昔から言うあれや、『仕事とわたしとどっちが大切なの』ってやつや。そんなん、医者もナースも仕事に決まっとるやんか。それが俺らのプライドなんやし」

先ほどは、家族を持ったら、医者であれ、それを大切にすべきと言っていなかったか。松島だって大いなる矛盾を抱えて生きているのだ。

医者の使命は実生活の幸福より優先されるのだろうか。家庭を壊してでも尊重しなければならないほど、価値の高いものなのだろうか。

はっきりしているのは、自分の結婚はずっと先になるだろうということだけだ。

今日はひとつのデッドエンドを打ち破った。でもこれが際限なく続くのだ。明日も、明後日《あさって》も、そしてひと月先も。危機を幾つ乗り越えねばならないのかは、神ならぬ身にはわからない。救えない命だってある。これが、外科医の生き方なのだ。

「まったく、因果な商売だよね……」

「なんや、スナックのママみたいなこと言いくさって。これから、麻布十番に飲みに行くか？」

「何言ってんの、今日は行かないわよ。息子が死にかけたんだから。落ち着いたら奢《おご》らせてよね。高いカクテルでもウイスキーでも何でも飲んでよ、先生たち」

「お、そう来たか！　聞いた？　剣崎先生」

「うん、じゃあ遠慮なく頼んじゃうよ」

「知っての通り、俺はビールばっかりやけど、こっちは24年もののシングルモルトとかじゃんじゃん飲むから、覚悟せな、あかんで」

「どうしよう。離婚には……お金がかかるのよね」

「せやな」

笑い声が上がる。りさと松島は調子よく話し続けている。

ぼんやりと、恋愛や結婚といった方面の人生が進まない理由が見えてきた。いつか、どうにかしなければならない気もする。でも、何をどうやって進めればいいのかについては、さっぱりわからない。

――俺は、どこまでも外科医なのかな。

人気《ひとけ》のない医局に、二人の声はいつまでも響いていた。

患者名・剣崎啓介

熱いシャワーの湯が、剣崎啓介の肩を弾《はじ》いている。

40歳を迎えた肌はまだ十分に張りを保っていて、水滴が玉となり三角筋の急斜面を滑り落ちていく。

この麻布十番の古びたマンション、いや元公団住宅の建物は5階の部屋であっても水圧が十分でない。築50年だというから仕方がないのだが、水圧をごまかすために43度の湯を浴びるようになった。

今日のような、外科医の平日の朝はシンプルだ。剣崎は必ず同じ手順を踏むようにしていた。集中力を少しずつあげていき、9時過ぎから始まる手術にピークをもっていくためだ。火曜日の今日は、1時間半程度の小手術があるだけだから、そこまで気を張りつめることはない。

前夜にどれほど遅くまで酒を飲もうとも、必ず6時にはスマートフォンにセットしてあるアラームで起きる。和室に敷かれた布団《ふとん》を畳んで部屋の端に寄せると、冷蔵庫から出した炭酸水を飲み、そのまま風呂場《ふろば》へ向かう。そして熱く設定したシャワーを浴びる。

着る服はワンパターンだ。夏場はジーパンに白系のTシャツ、足元はサンダル。冬は夏と同じジーパンか、何本か持っているコーデュロイのパンツを穿《は》き、TシャツがYシャツになる。外来の日にはジャケットにタイを締める。靴だって適当なもので、いつ買ったか記憶にない革靴だ。

今日のような8月の暑い日は、ジーンズよりもハーフパンツがよさそうだ。いや、いい大人の男が五分丈ですね毛を見せるのはみっともない。同僚や看護師に見られるならまだしも、間違ってもそんな姿を患者に見せてはいけないのだ。

ズボンに足を通そうと身をかがめると、腰がズキンと痛んだ。と同時に肩も軋《きし》んだようだ。5時間で腹腔鏡《ふくくうきょう》下に胃を取った昨日の疲れが残っているのか。あの程度で腰が痛むとは情けない。

玄関の古い扉を閉め、ちゃちな鍵《かぎ》を馴染《なじ》んだ鍵穴に差し込んで回す。誰でも複製できそうな、ナンバーの刻印された昔ながらの銀色の鍵だ。

狭い廊下を抜け、やはり古びたエレベーターに入る。「落とし物　帽子　管理人室へ」と朱色の毛筆で大きく書かれた貼《は》り紙はこの1ヶ月掲示されたままだ。

ごうん、と音を立てて扉が開くと、エントランスとはとうてい呼べぬような狭い玄関口を出る。頬に当たる風はこの時間でももう生ぬるい。

早足で歩き出したら、荷物は持っていないのに、まるでリュックを背負っているような重さだ。嫌な予感がよぎる。

マンションの目の前の地下鉄麻布十番駅を過ぎ、新一の橋の交差点を右に曲がる。頭上を走る高速道路はまだ6時半だというのにたくさんの車が走っている。ここを曲がって、あとはまっすぐ10分もあるけば、勤務先の麻布中央病院だ。

足を速める。体がずしりと重い。なにげなく右腕で拭《ぬぐ》った額は、汗で濡《ぬ》れている。

体の中で何かが起きている。

病院のエントランスをぐるっと玄関ホールのエレベーターに乗り、4階で降り医局へ向かう。5329という、院内の全《すべ》ての鍵付き扉で採用されている同じ暗証番号を押し解錠する。自分のデスクに着いた。

たった10分歩いただけで、もうあちこちがくたびれている。椅子《いす》にもたれた体は、明らかに横になりたがっているのだ。風邪だろうか？　この全身の倦怠感《けんたいかん》は、細菌よりもウイルス感染の際のものに近い。喉《のど》の粘膜から侵入したウイルスが、血流に乗って全身に巡ってしまったか。しかしそうだとしても、風邪に特徴的な喉の痛みはない。40歳という年齢は、もう若くないのかもしれない。たった5時間の手術でこれほど翌日疲れてしまうとは。そういえばその前日は松島とバーで深酒をしてしまった。その名残りなのかもしれない。

立ち上がって医局の隅の男子更衣室で着替える。脱いだTシャツは汗でべっとりと背中にくっついていた。肌に通す紺色の上下スクラブがひんやりと心地よい。

これが気持ち良い？　まさか熱が出ているのだろうか。あとで病棟の体温計で検温してみるか。考えてみれば、医局に体温計の一つもないというのはおかしい気がする。

「おはようございます」

病棟にはすでに荒井がいた。

「おはよう」

「先生、今日はヘルニアの勉強をさせていただきますので、よろしくお願い申し上げます」

相変わらず妙な丁寧語を使う荒井は、こちらを見てそう言った。

「うん、よろしく」

荒井にはとくに気づかれなかったようだ。

病棟の回診を終え、9時過ぎに手術室に入ると、声をかけられた。

「おはようございます、剣崎先生。今日のヘルニア、新人ちゃんが器械出しするから
よろしくね。私は外回りでフォローするから」

入り口で帽子とマスクをつけていたところにきたのは、臙脂色《えんじいろ》の上下スクラブを身
に纏《まと》った手術室看護師の小島りさだった。

「ああ、小島さん。了解」

「あれ、先生どうしたの」
りさが顔を覗《のぞ》き込んでくる。

「ん？ なにが？」

「顔赤いわよ。体調悪いの？」

声掛けをしてくれるのはありがたいが、なるべくなら職場で気づかれたくはない。

「いや、別に。昨日飲み過ぎたかな」

「何言ってるの。体温計持ってきてあげる」
いかにも看護師らしい、身に沁《し》みたかいがいしさ。まあ小島になら気づかれても良

いか、と思う。他の人間に体温計を探していることなど知られたくないから、正直助かる。

　手術室のホールの手前にある控室に入ると、耳鼻科の医師が水を飲んでいる。軽く会釈《えしゃく》をし、自分も紙コップにウォーターサーバーから冷水を注ぐ。

　長椅子のような安物のソファに腰掛けて口にする冷たい水がうまい。

「はい、先生」

　戻ってきた、りさに手渡された体温計を左脇《ひだりわき》に挟む。ものの20秒で電子音と共に表示されたのは、「36・9℃」という数字だった。

　問題ない、平熱だ。

　今日は腹腔鏡下で行う鼠径《そけい》ヘルニア手術だ。早ければ1時間で終わる。さっさと終わらせてしまおう。

　手術室3に入ると、部屋の中央におかれた手術ベッド上の患者はすでに全身麻酔の導入がすんでおり、口から透明なチューブが入れられている。傍には荒井がおり、尿道に管《カテーテル》を入れている。ベッドの頭側《とうそく》に立つ麻酔科医は、瀧川京子だった。目が合い、声をかける。

「よろしく」

「剣崎先生、よろしくお願いします」

以前、松島と3人で飲みに行ってからというもの、さらに親しくなった。

他に看護師が2名。りさと、もう一人はこの4月に手術室に配属されたばかりの新人看護師だ。苗字《みょうじ》は忘れたが、名を桃絵《ももえ》といい、皆から桃ちゃんと呼ばれている。名前の通り、と言ったらおじさん臭いが、太めの体のかわいらしい子だ。手術室看護師はいつも体にぴったりした上下スクラブ姿なので、体型が丸わかりなのである。かく言う外科医にしても同じことである。

今日は68歳の男性の鼠径ヘルニアという、きわめて日常的な手術である。かつて脱腸と呼ばれたこの疾患にかかるのは、9割が男性だ。子供から大人、高齢者まで誰でもなる病気だが、中高年がほとんどである。

荒井が患者の腹部の消毒をしているあいだ、手術室内の隅におかれた丸椅子に座り、パソコンの電子カルテを開いてこの患者のCT画像を見る。

黒い背景に、楕円《だえんけい》形に輪切りされた体の内部が映し出される。1ミリの血管一つひとつから、筋肉、骨、そして10を超える数の臓器すべてに名前がつけられているのだ。

そのすべてに対して正常か異常かの判定を脳内で瞬時にしていく。1スライスあたり0・5秒ほどだ。へその高さから足の方へ向かって下がっていき、鼠径部、つまり足の付け根に到達した。
左右差のある構造。明らかに出っ張った左側の鼠径部は、鼠径ヘルニアを示しているに相違ない。

　こうしてこの患者が本当に鼠径ヘルニアという病気で間違いないか、人違いをしていないか、さらには左右を間違えていないかを執刀医自らの目で確認するのだ。荒井はまだ責任を持ってそういう判断ができる学年ではないし、看護師はそもそもCTを読めない。自分の他にそれを確認《コンファーム》する者はいない。

　こういう日々の安全確認を怠ったから、左右を間違えて肺を全摘したり、患者を取り違えて健康な臓器を摘出してしまう医療事故が起こったのだ。残念ながら事故から20年以上経《た》った今でも、確認方法はアナログ、人力にのみ頼らざるを得ないのだが。

「先生、『手洗い』して参ります」

　荒井が後ろから声をかける。

「ああ」

　椅子から立ち上がる。

「お願いします。メス」

患者の臍《へそ》に、三角定規のように先端の尖《とが》った11番メスを入れる。皮膚にそっと当てるだけで、さっと割かれていく。

臍を開け、その奥の筋膜を切り、腹膜前脂肪と一緒に腹膜を切ると暗闇《くらやみ》が見える。腹腔の中に到達したのだ。

「5ミリポート」

短いストローのような透明のポートを穴に強引《ゲバルティッヒ》に捩《ね》じ込む。と同時に荒井がチューブをポートの横に装着する。

「気腹開始ね。で、5ミリのカメラ」

手渡された30センチもある細長いカメラを入れると、モニターにピンク色の腸が映し出される。

「うん、術前診断通りヘルニアは左だけだな。じゃ荒井、そっち側のポート入れて」

「はっ」

厳かに返事をする割に、手際《てぎわ》が悪い。

「メスはもっと立てろよ」「電気メス、もっと速く動かさないと皮膚が焦《こ》げるだろ」

いつもならそう気にならないことが、口をついて出る。

側腹部から同じ5ミリのポートを挿入するのに、なぜこれほど手間取るのだ。

「そうじゃない。もっと強く押すんだ……ったく」

今日の器械出し看護師は新人だから、あまり威圧感を与えてはいけない。そう頭ではわかっているのだが、いつまで経ってもこんな基本手技が上達しない荒井に苛立《いらだ》ち、つい語気が荒くなる。

「はい、じゃあカメラ持って」

ようやく3本のポートが腹壁を貫いて腹腔内に入り、手術できる態勢が整った。

「じゃあ、カモノハシさんちょうだい。ハサミもね」

腹腔鏡手術用の鉗子《かんし》の変わった呼び名だ。30センチの細長いこの道具の先端がオーストラリアに住む変わった生物の口先と似た形状をしていることから、いつしかその愛称が付いた。新人には有窓把持《ゆうそうはじ》鉗子という正式名で言うより直感的で伝わりやすいだろう。

画面にカモノハシの口が現れ、薄い腹膜を一枚つかんで引っ張る。そこにハサミをすっと入れるのだ。膜を一枚隔てた向こうには、下腹壁動脈や精管、精巣《せいそう》動静脈といった傷つけてはいけない管が並ぶ。

それにしても両腕がだるい。軽い鉗子でさえ重く感じてしまう。

「メリーランド」

鉗子の名前を告げてもすぐに渡されない。新人だから仕方がないとはわかりつつ、苛立つ。

「その先っぽが細いやつ。それじゃない、そっち、ああもう！」

荒らげた声に気づいた外回りのりさが近づいて、指差して教える。

「すみません」

何をやっているのだ、俺は。新人にこんな圧をかけても萎縮《いしゅく》してしまい、さらにパフォーマンスが下がるだけではないか。

しかし、今日は待てない。よほど体調が悪いのだ。

「ちょっとりささん、汗」

「はい」

手慣れた手つきでタオルで額と首を拭《ふ》いてくれる。

左手で膜を持ち、引っ張る。引っ張られたところを右手の道具で優しく裂いていく。

この手術は単純作業の繰り返しだ。

そうやって夢中に手を動かしていると、ちくりとみぞおちのあたりが痛んだ。何か変なものを食べただろうか、いや食べていない、と思い直す。

「じゃあ、メッシュを入れようか」

そう言って両手で持っている鉗子を引き抜いたところで、不意に目の前が暗くなった。

「あれ……」

次の瞬間、まるで雲の中にいるように視界が白くなる。

危ない。このままでは失神《ブラックアウト》だ。

歯をぐっと食いしばり、両足に渾身《こんしん》の力を入れる。それによって静脈還流を減らし、脳への血流を保つのだ。

上半身がぐらりと倒れそうになる。

「先生、大丈夫ですか！」

荒井の声が聞こえる。さらに両足を踏ん張ると、徐々に視界が戻ってくる。

「ああ、ちょっと手を下ろす」

このままでは嘔吐《おうと》する可能性がある。消毒後の清潔な術野に吐く、なんてことだけは避けたい。

手術台を離れ、一歩、二歩と歩く。いったん控え室に戻るのだ。

「どうしたの？　倒れそう？」

りさが左腕を抱えてくれる。

「ああ、ちょっと血圧が下がったっぽくて。あっちで横になる」

手袋を外し、床に捨てる。ガウンを破って脱ぐ。

「ほら、無理するから」

まるで母親のようだ。りさの肩を借りたまま部屋を出て、廊下を歩く。幸い、誰にも見られず控え室に入れた。

ソファに倒れ込むと深呼吸をした。体を横にすれば、頭の血流も増えるだろう。

「ちょっと血圧計持ってくる」

りさが足音を立てて出て行った。

これはどういう状態だろう。自ら分析してみる。

何かしらのウイルス感染か細菌感染があって、全身に強い倦怠感や痛みのような症状が出ているのか。熱は、手術前はなかったが今は上がっているかもしれない。

発熱に伴って脱水もありそうだ。脱水のせいで、こんなザマに、つまり倒れる寸前に至ってしまったのだろう。

手術中に具合が悪くなったことがないわけではない。しかし、頭痛や腹痛を感じた程度で、それらはギリギリと集中力のネジを締め上げることで吹き飛ばして手術続行をしたのだ。術中に「手を降ろす」、つまり滅菌の手袋とガウンを外して術野から離れる、というのは初めての経験である。情けない。気合いが足りないのだ。

少々横になれば血圧は上がるだろう。たかが鼠径ヘルニアの手術だ。

「どう、気分は？」

「すいません、ちょっとマシになってきた」

手際よくりさが血圧計を右腕に巻くと、測定ボタンを押した。

電動音とともに腕が締め付けられる。りさに見下ろされていて気まずく、左腕で目を覆《おお》った。

「まったく、しっかりしてよ。誰か外科の先生呼んで手術やってもらう？」

「ああ」

どちらともつかない返事をしていると、血圧計に「92／50」と表示された。

「あら、低めね。点滴かなにかする？」

「いや、いらない。5分くらい休んだら戻るよ」

「わかった、じゃあ手術室に戻ってるね」

りさが去ったあとの控え室では、空調の低い音だけが耳に入ってくる。各部屋でいっせいに手術が始まったばかりのこの時間に、入ってくる者はいない。

そのことに感謝しつつ、目を瞑《つむ》った。

手術中に手を降ろし、横になる。こんなことになるとは、と戸惑うが、思い出すのは上司の久米義春が手術中に倒れたことだ。

もう5年にもなるだろうか。久米の長引いた手術中、たしか腹腔鏡の手術だったが、朝から始めて夕方5時をすぎたところで昏倒《こんとう》したのだった。

助手にいた自分が急いでレスキューしたが、原因は脳梗塞《のうこうそく》だった。50代前半という年齢になっても、大量飲酒、喫煙を改めず、昼も夜もない生活をしていたのだから脳梗塞になっても不思議ではない。

その影響か、もともと狭量な性格だったが、さらに小物感が増したのだ。幸い脳梗塞は大したことがなく、後遺症なく数日で退院したが、「何人かの患者が助かりかけたのに」と口の悪い看護師は言った。手術はそのまま自分が引き継いで執刀したのだった。

しかしあの時、自分は馬鹿《ばか》にしなかった。いくらあの男の手際が悪いとはいっても、ドツボにはまって手術が延長してしまうことは外科医をやっている以上避けられない。執刀医は逃げることの決して許されない孤独な戦いを強いられる。何時間かかっても、目的を達成せねばならないのだ。だから俺はあの時の久米は外科医として立派だとさえ思った。長時間の脱水状態に耐えて手術を続けたから脳梗塞が生じたのであり、その覚悟は見習うべきものだ。

その気持ちのなかに、いつか自分も手術中に倒れるかもしれない、という考えが混じっていたのもまた事実である。要するに他人事《ひとごと》ではなかったのだ。

気分がだいぶ良くなった。天井の2本セットになった蛍光灯が目に痛い。

ソファからゆっくり起き上がり、頭を左右に振ってみる。目眩《めまい》はないし、暗くもならない。へその少し上のあたりに違和感を感じるが、たいしたことはない。

よし、これなら大丈夫そうだ。

控室を出てすぐ隣の手術室へ向かおうとしたが、思い直してそのまま手洗い場に行った。「戻ります」「大丈夫ですか」というやりとりは不要だ。一秒でも早く手術に復帰したい。

一歩歩くたびに、ずしんと腹にひびく気がする。

「すいません、戻りました」

言いながら手術室へと入る。

「先生、大丈夫？」

りさが心配そうに駆け寄る。

「うん、ガウンもらえる？」

「先生、お具合はいかがでしょうか」

荒井は患者の横に立って待っていた。

「もういいよ。悪かったな」

青い滅菌ガウンを着て、手袋をはめると再び手術台に近づいた。

「じゃあ、仕切り直そうか」

壁には手術開始から47分と表示されている。5分ほどしか横になっていなかったようだ。京子に軽く目で黙礼し、桃絵に言った。

「カモノハシさんちょうだい」

結局、手術は64分で終わった。

「先生、大変勉強になりました。素晴らしいスピードでございました」

荒井が驚くのも頷《うなず》ける。過去最短の手術時間だったからだ。なにか手順をスキップしたわけではない。

正直、術野に戻ってからも本調子ではなかった。だから早く終わりたかったという単純な話ではなく、雑念が消え、無駄な動きが一切排除されたようだ。

「助かります、円滑な手術室運営にご協力いただいて」

京子がにっこり笑いながら、患者の点滴ルートに目をさまさせる薬剤入りの注射器を取り付けている。

「いえいえ」

「お加減、いかがですか？」

いかにもお嬢様らしい尋ね方は、医者のそれとは少し違う。

「ああ、なんか朝からちょっと調子悪くて、すいませんでした」

「いいえ、先生、今日は鬼気迫る雰囲気でなんだかカッコよかった」

「こんなヘルニアなんかで、お恥ずかしい」

謙遜《けんそん》するのも変だが、一人前の外科医なら誰でも執刀できるこの術式で褒められてもあまり嬉《うれ》しくはない。

手袋を外しガウンを破り捨て、パソコンの前の黒い丸椅子に腰かける。ふうと声が出る。

「なに、おじさん臭い。しっかりしてよ先生」

慌《あわ》ただしく動きながら、りさが声をかけてきた。

「でもこんなに早く終わるんだったら、毎回倒れてもらってもいいのよ」

　そう言って京子と笑っている。手術室看護師と麻酔科医にとっては、手術が予定時間より早く終わることほど嬉しいことはないのだ。他の予定手術を早めに始められるし、予期せぬ緊急手術にも対応しやすくなるからだ。

「参ったな」

　そうひとりごちながら、「あとはよろしく」と荒井に告げて手術室を出た。

「先生、止まりません！　出血２５００ミリリットル、いや、３０００ミリリットル！」

　りさの声が手術室に響く。

「クソ、どうして止まらんのや！　荒井！」

　患者の寝る手術台を挟んで向かいの松島が腹の中に手を突っ込む。ガウンはまるで殺人事件現場のように血だらけだ。

「輸血、まだ来ないんですって……なんか、輸血センターの車が事故起こしたみたいで……」

　悲痛な声をあげたのは麻酔をかけている京子だ。

　まずい、どうにかせねば患者が死んでしまう。とっさに患者の顔をのぞくと、なんと外科医長の久米ではないか。
　なんとか、なんとか止まってくれ。死なせるわけにはいかない……。
　その時、腹の上の方にナイフが刺し込まれたような痛みが走った。
　立っていられない、だが、血を止めなければならない。一体、どうなっているんだ
……
　剣崎はそこで目覚めた。ぬるりとした汗にまみれた顔を左手のひらで拭う。枕元《まくらもと》の
スマホを見ると2：43と表示されていた。
　夢だったのか、と思った次の瞬間、上腹部に激痛を認めた。思わずうずくまる。
　腹痛は夢ではなかったのだ。むしろこの身体症状が夢のストーリーを作り上げたの
かもしれない……いやそんなことはどうだっていい。
　なんだ、この痛みは。
　専門家として、自分の腹痛の原因が分からぬはずはない。心窩部《しんかぶ》のあたり、鋭い痛
み。手術中に微《かす》かに感じたものが、鮮明になった感じだ。
　潰瘍《かいよう》か？
　その可能性はある。しかし胃潰瘍であれば重苦しいような鈍痛のはずだ。あまり考

えたくない疾患、癌《がん》はどうだろうか。癌でこのような疝痛《せんつう》というのは珍しいだろう。体重減少という、癌に特徴的な症状もない。生魚を食べて寄生虫のアニサキスが胃の壁を食い破ろうとしている？　いや、ここ2日は寿司《すし》も刺身も食べていない。アニサキスは強酸の海の中で48時間くらいしか生きられない。

ということは、なんだ、この痛みはいったい。胆石発作にしては場所が中央すぎるし、魚を食べてもいないから魚骨による消化管穿孔《せんこう》もありえない。

まさか、虫垂炎か？

臍より右下に向かって5センチメートルほどの場所に位置する虫垂。小人のハイソックスのような、小さく細長い臓器。その内腔に石をこしらえてしまうと、虫垂炎となる。

はじめはみぞおちの中央が痛むが、徐々に右下に痛みが移動するのが特徴的だ。これは、もう少し時間が経てば明らかになるだろう。

少し落ち着いてきたように感じたが、再び波がきた。

痛みに思わず目を瞑る。

布団の上で横を向き、起き上がると枕元の木製の小物入れの上から眼鏡を取りかける。その下の引き出しを探した。たしかここに入れておいたはずだ。一人暮らしは男を賢くするのだ。

あった、ロキソプロフェン。銀色のシートから錠剤を出して口に放り込む。乾いた口腔内に苦味が広がる。

「いてて……」

起き上がると、腹を押さえつつ隣の和室を抜け、狭いダイニングキッチンへ向かう。古めかしい台所で昨晩寝る前に水を一口飲んだコップに、一人暮らしにしては大きすぎる冷蔵庫から緑茶の紙パックを出して注ぐ。一気に飲み干すと、喉を錠剤が通る感触がした。

20分ほどしたら効いてくるだろう。胃潰瘍だとしたら悪化する可能性があるのだが、当面の痛みは抑えられる。その後に胃薬を飲めばいいのだ。

ふう、と息を吐き、蛇口から水を出すと顔を洗った。冷たくて気持ちが良い。なくなりかけたキッチンペーパーを2点線ぶん取り、顔を拭く。

今は落ち着いているが、またいつ痛むとも限らない。明日は幸いオペがなくて本当によかった。

よろよろとまた布団に辿《たど》り着く。次の痛みのウェーブが来る前に、眠ってしまえばいいのだ。起床まであと3時間以上ある。剣崎は強く目を瞑ったところで、嫌な記事を思い出した。

「臨床外科」という手術の雑誌で読んだ、虫垂炎から重症化して死にかけた患者の報告だ。何の変哲もないただの虫垂炎が患者の状態を悪くし、血圧を下げ、人工呼吸器まで必要とさせた。幸いその患者は死亡することなく退院できていたが、「虫垂炎といえど重症化の可能性を念頭に置き注意する必要がある」とその記事は締めくくっていた。

まさか自分も……あわてて考えを打ち消す。稀《まれ》なことは滅多に起きないのだ。しかし自分の身に起きないとは限らない。考え出したら止まらない。

朦朧《もうろう》とした頭でうとうととしていると、激痛が襲ってくる。この晩、剣崎は1時間ごとに痛みで覚醒《かくせい》する羽目になった。

＊

「先生、どうされましたか！」

救急外来のベッドで横になっていると、駆けつけた当直中の荒井が大きな声を出す。

「腹が痛くてね、我慢したけどやっぱりダメだった」

　あのあと、5時までは堪《こら》えたが、我慢できずタクシーを呼んで麻布中央病院の救急外来まで一人でやってきたのだ。医師たちが出勤しはじめる7時より前に受診したかったという理由もある。グレーのスウェット上下姿など、見られたいものではない。

「とりあえず点滴してなんか痛み止め入れてもらえるかな。あと採血も」

「かしこまりました。他の検査はどうします？」

「データが悪かったらCTも考えよう」

　痛みを抱えて受診している患者が指示を出しているのだから世話はない。

「承知いたしました」

　こんな早朝、当直明けで一晩働いたあとだというのに荒井は生き生きとしている。絶対に逆らえない上司が弱ってベッド上に転がっているのが嬉しいのではなかろうか。

「では、点滴は細胞外液、痛み止めはアセリオでよろしいでしょうか」

「ああ」

　それだけ言うと荒井は離れた。カーテンが開きっぱなしだ。閉めてくれ、と言いたいが声を出すのもおっくうである。たぶん、熱もあるのだろう。

　救急外来の看護師が点滴を持ってやってきた、と思ったらいつも世話になっている看護師、洞田ゆり恵だった。

「先生、大変でしたね」

こんな時はゆり恵のようなベテランがありがたい。患者もいつもそんなふうに思っているのだろうか。

「採血と点滴、一緒にしますからね」

「悪いね、ゆり恵さん」

ゆり恵が左腕にゴムチューブのような駆血帯を巻く。

「はい、左手を握ってくださいね」

言われるがままに握る。

「血管、けっこう良いって言われるんだけどな」

「そうですね、お若いから」

自分の左手を持つゆり恵の手が、温かい。こんなふうに人から手を触れられたのは久しぶりな気がする。

「先生、アルコールのかぶれはありませんか？」

「大好きですよ、飲むのは」

冗談を言ったがゆり恵はくすりとも笑わない。アルコール綿で消毒をしたところが冷んやりと気持ち良い。

「じゃあ、ちくっとしますね」

そう言うと同時に、鋭い痛みが左腕に走る。思わず目を逸《そ》らす。

「血を抜きますね」

赤黒い血が注射器を染めていく。合計15ミリリットルほど取ったところでゆり恵が針を抜いた。

「すごい。全然痛くない」

「あら、また先生ったら。お腹《なか》の痛みはいかがですか?」

手際よく点滴の管を繋《つな》ぐと透明のフィルムを貼り固定する。採った血をボトルに分けていく。思わず見惚《みと》れるほど素早い動きだ。

「うん、申し訳ないけどけっこう痛い」

そう答えたものの、痛みを忘れていたことに気づく。それほどゆり恵の動きは見事だったのだ。

「すぐに痛み止め、点滴から入れますね。検査科に電話して、採血結果を急いでもらいますので」

「助かるよ」

「先生、いかがですか」

カーテンが開いて見えたのはちょび髭《ひげ》顔の荒井だった。

「ん、ああ」

いつのまにか眠っていたようだ。痛みで昨晩はロクに寝ていない。鎮痛剤が効いたようだった。

「採血結果《ラボデータ》が出まして。白血球《ワイセ》が1万4000、CRPが11・8です」

これはけっこう高い。

「CT、撮りますか？　やはりアッペが怪しいかと」

荒井が得意げな笑みを浮かべる。なんだ、偉そうに。

「……撮ろう」

「かしこまりました、では同意書にサインを」

そう言うと、後ろで組んでいた手に持っていた紙とボールペンを嬉しそうに差し出した。俺がCTを撮ると言うことを想定していたのだろう、用意周到さにも少しイラつく。

同意書に記名しようとして、あやうく「医師名」の欄にサインするところであった。今は患者なのだと思い直し、患者氏名の欄に剣崎啓介と書き殴る。

「それでは、大至急お撮りしますので」

荒井が去っていくと、再び腹痛の波がじわりと訪れた。どうやら、痛点は右下に移動しているようだ。

アッペか……となると最悪オペを受けねばならない。誰に執刀してもらうのだ。いや、そんなことより今週の執刀予定はどうなる……松島に頼むか、荒井にある程度はやらせて……。

業務をどう振り分けるか、こちらのほうが難問である。

「いててて」

横を向き、エビのようにうずくまると少しは楽になる。自然と取ったこの体位の意味は、背骨を曲げることで腹膜の伸展をゆるめ、痛みを緩和しているのだろう。まったく人間とはよくできている。

ＣＴ室に入ると、待ち構えていた放射線技師の松元健次《まつもとけんじ》が声をかけてきた。

「先生、大変っすねえー！　荒井先生から聞きましたよ。ちゃちゃっと、撮っちゃいますからねえ」

いつもの濃いブルーのスクラブに白いズボン姿の、同年代の松元は、彼が当院に来て以来、もう8年の付き合いだ。外科医をやっていると緊急でCTをお願いすることもあるし、透視室でレントゲンを見ながら患者の腹に管を刺したり位置をずらしたりしてもらうケースもある。放射線技師にはなにかと世話になっている。

「松元さん、朝からすみません」

この時間にいるということは、当直だったのだろう。いつでも陽気な丸顔には、人を落ち着かせる効能がある。

「いいってことっすよぉ。じゃあ先生、CTの台に横になっちゃってください」

人ひとりがやっと横たわれるほどの狭い台に乗ると、松元が足にバンドを巻いた。拘束されたような、撮影中に動いてしまうと疑われているような、嫌な感じがするが仕方がない。いま自分は患者なのだ。

「それじゃ、造影剤入りますー」

松元の明るい声が響く。大きな窓を隔てた操作室にいるもう一人の技師に伝えているのだ。

造影CT検査。これまでオーダーしたことは数知れず。癌患者では長い経過の中で10回以上撮ることもよくある。おそらく1000回以上は自分の指示で撮影しているだろう。だが、自分が撮られるのは初めての経験だった。

造影CTとは、造影剤と呼ばれる、X線の透過性が低い薬を血管から注入し、体内の臓器全てに行き渡らせることで、X線写真の集合体であるCT検査の画像に白黒コントラストをつける検査である。造影剤を使わずにCTを撮るだけでも体の内部の情報は得られるが、造影することで情報量は3倍、いや5倍以上になるだろう。

「はい、圧は一定でーす」

剣崎はほっとした。

この造影剤は、ものすごいスピードで血管に注入せねばならないので、人間が注射器を手で押すのではなく圧力をモニタリングしながら機械で注入するのだ。もし入れている血管が途中で破れるようなことがあれば、圧が上がりすぎたり不安定になったりするので血管に入っていないことがわかる。

第一段階は突破だ。次は、アレルギーである。まれにアレルギー反応を起こす患者がいる。アナフィラキシーショックという、重篤《じゅうとく》な症状を来《きた》す場合もあり、こちらはすぐにアドレナリンを注射せねば命にかかわるのだ。

祈るような気持ちで、体内の変化に耳をすます。熱くないか、気分の不快はないか、皮膚のかゆみはないか……

何かが左腕の血管から入ってきて、それが全身に巡っているような感じはある。だが、異変はない。ありがたいことに、自分は造影剤アレルギーの体質ではないようだ。第二段階も突破である。

「ベッドが動きまーす」

松元が操作しているのか、ベッドが動くと、頭上の大きな円環にはいる寸前まで移動した。

「じゃ、先生。撮影しますんで、私、一度出ますね」

松元がニッと笑って親指を立てる。つられて顔が綻《ほころ》ぶ。この人は院内ですれ違っても いつ会ってもこの明るさだ。見習いたい。

がちゃっとドアが閉まる音がする。この部屋には自分一人だ。いまからこの「ガントリ」と呼ばれる直径4メートルほどのドーナツの穴に吸い込まれていく。ドーナツにはたくさんのX線発生器とX線検出器が向かい合わせで配置され、これが超高速でぐるぐる人体の周りを回る、と研修医のころに放射線科医に習った記憶がある。今はさらに進化しているのだろうか。

「いきを　とめてください」

機械的なアナウンスに従い、呼吸を止める。すうっとベッドが動きドーナツに入っていく。

患者体験実習のようで、面白くもある。

「じゃあ先生、お疲れさまでしたーっ！」

松元に見送られてCT室を出る。幸い、早朝の院内は人気《ひとけ》がない。CTと救急外来が近いのも助かる。救急患者はよくCTを撮るので動線を考えれば当たり前の設計なのだが。

救急外来では荒井が待ち受けていた。

「先生、画像が出来上がりました。松元さん、仕事めっちゃ早いっすね」

患者自身で確認せよ、ということのようだ。幸い、今は痛みが落ち着いている。パソコンの前に座ってマウスに手を置いたが、ふと思い直した。

「お前、先に見ろよ」

荒井の読影力を試したい。なかなかゆっくりCT画像について教える機会はないからだ。

「ありがとうございます、実はわたくし、もう先生のお体画像を拝見しておりました」

戻ってくる間に見ていたのだろうか。

「なんだ。じゃあいいだろ、お前の読みを教えろよ」

「はっ！」

荒井が隣の丸椅子《まるいす》に座り、マウスに手を置くと画像を見せ始めた。

「ええと、患者は40歳男性、剣崎さんであります」

「いらんよ、それ。だって俺だろ」

「はっ、申し訳ありません」

コロコロと真ん中のマウスホイールを回すと、画像もパラパラ漫画のように連続的に何枚もめくれていく。

これは「ページング」と呼ばれる作業で、こうすることで輪切りにされた人体の画像が縦にも連続性を持って動画のように理解できるのである。昔は大きな黒いフィルムに焼き付けられた輪切り画像を順々に見て、頭の中で再構築していたのだから大きな進歩だ。

荒井は体の上の方から順に見せていった。まずは肝臓、胃の辺りだ。

「フリーエアーは……ございません。そして、先生は心窩部の痛みを訴えておられましたが、特にマーゲンや十二指腸あたりに異常所見はございません。胆嚢《たんのう》内にも胆石はなく、胆嚢壁の肥厚《ひこう》は……」

「いいよ、いいから陽性所見だけ言ってくれ」

「すみません！　では」

荒井は一気に下腹部まで画像を送ると、続けた。

「こちら、虫垂の腫大《しゅだい》を認め、さらに内部に糞石《ふんせき》を認めます」

矢印の形が、ぶ厚くなった虫垂をぐるぐると2周した。

「腹水はなく、膿瘍《のうよう》形成などもありませんのでアッペの穿孔の可能性は低いと思われます」

「荒井、腹水と膿瘍がないから穿孔がないとは言えないよな」

「うっ……そうでした」

「穿孔しなくても腹水と膿瘍がある症例はある。穿孔したら増えるのは間違いないけど」

自分の腹のCT画像を見ているというのに、ついつい指導医モードにスイッチが入ってしまう。

「で、治療方針は？」

「方針は……ええと、痛みの症状が強く、糞石もあるので基本はオペではないかと思いますが、いかんせん患者さんが外科医ですので……要ご相談かと」

直径1センチ、長さ6センチほどの小さい虫垂の中に溜《た》まった便が長期間そこに止《とど》まると石のように硬くなる。それを糞石といい、虫垂炎を引き起こすことが多い。

「なんだそりゃ。ま、普通はオペだよな……」

言いながら、困ったことになった、と思った。オペなど受けたら、裸を見られてしまうではないか。しかも仕事にどれだけ穴が開くというのだろう。

仮にオペせず、点滴と抗生剤だけで治す治療、いわゆる保存的治療を選択したらどういう経過をたどるのだろうか。最短でも1週間は入院し、禁食でずっと点滴をやる。しかもそれで治る保証はなく、1週間経ったタイミングからオペになる事態だって起こり得る。

「そういえばこないだ荒井が持ってきたLancet《ランセット》の論文、なんだっけ」

「はっ、あれは、単純性虫垂炎では、診断後8時間以内にオペするのと24時間以内で穿孔の発生割合は変わらないというものでございました」

月に一本、外科関連の論文を自分で探してきて読み込み、カンファレンスで皆に発表する抄読会を荒井は担当しているのだ。

「単純性って、糞石あったらダメなんだっけ」

「ええ、糞石は複雑性でございます」

最近できた定義だから、そんなことは知らない。

ということは、俺は複雑性の虫垂炎にかかっているということか。そしてつまりそれは、早期の手術が良いということか。ふと顔を上げると、荒井と目が合った。

「なんだよ」

「いえ、別に……」

手術しますか、と言いたいが権力勾配《こうばい》で口に出来ない、そんな顔だ。

そういえばＰＨＳはどこにあっただろう。救急外来で横になっていたベッドの脇に置いたリュックの中だ。

そう思って立ち上がった時、右下腹に殴られたような痛みが襲った。

「うっ！」

うずくまりそうになるが、そんな姿を荒井には見せられない。腰の曲がった老人のように上体を折りながらベッドへと歩いた。一歩歩くたびに腹に響く。腹膜に炎症が波及している証拠だ。さっきのＣＴではそういう所見はなさそうだったが、まさかＣＴ後に穿孔したなどということはないだろうか。

縁起でもない。

カバンからＰＨＳを取り出す。小さい画面は6：02と表示していた。あの男はもう出勤しているかもしれない。

「おう、どしたんや」

こんな弱った時に相棒の声が頼もしい。

「まっちゃんごめん、朝から。ちょっとお願いがあってさ」

「ええよ、どしたん？」

「今日さ、午後アッペやって欲しいんだわ」

「アッペ？　ええよ、荒井が救急外来《キューガイ》で見つけたんか」

「そうなんだけど、ちょっと問題があって」

咳払《せきばら》いをすると、それさえ腹に響く。

「俺なんだ、患者」

「え？」

一瞬、電話口の向こうが静まり返った。

「なんやて？　剣崎先生がアッペなん？」

「そう。実は昨日から痛くてさ、さっきCT撮ったらしっかり糞石があった」

「さよか。ほなら朝イチでやろうや」

「いや、午前中俺外来患者が来るんだ。飛ばせない化学療法患者《ケモ》が多くてさ」

「なに言うとんのや！　寝とき、俺の外来で全員診たるから」

松島が声を荒らげた。そうは言っても、松島の外来も既にパンク気味なのだ。

「……まっちゃんの外来では診られないでしょ、いっぱいなんだから」

しばらくの沈黙ののち、返答があった。

「なんとかする。とにかく寝とき」

最終的に、どうしても今日診なければならない患者だけを診て、急ぎでない患者は電話して来週に変更してもらうことで決着がついた。

＊

「山田《やまだ》さん、山田真衣子《まいこ》さん。診察室2番にどうぞ」

マイクを通じて声を出すだけで、腹がしくしくしてくる。ブルーの手術着と白衣に着替えて外来診察室に来たものの、30分前に入れてもらった点滴の鎮痛剤の効果はもう切れ始めている。

「山田さん、3ヶ月ぶりですね。調子はいかがですか」

68歳の山田は2年前に大腸癌の手術をし、その後抗がん剤治療を半年受けた後、現在は3ヶ月に一度の定期通院をしている患者だ。いつも綺麗《きれい》な身なりをしている。

「剣崎先生、なかなか会えないからこまっちゃったわよ。せんせ、お通じがちょっと出づらくてね」

「ほう、何日に一回くらいです？」

「それがね、あんまり出ないの。出る時は出るんだけど、出ない時はさっぱり出ないのよ。手術のあとからずうーっとこうなの。先生は手術前に『手術で取れば治りますよ』って言ったじゃない。でもこんなにお通じがね、すみません朝から失礼ですけど、出づらくなるなんて聞いてないなあって、いえ先生を非難しているわけじゃないの、人間の体ですからね、空や海と同じ自然ですからね、小田原の漢方の生薬《しょうやく》が効くのは当たり前ですけどね」

山田の話はいつも同じだ。こちらが知りたい情報、つまり便秘の重症度に関する情報はまるで含まれていない。

「それでお通じは……」

こちらを遮り、話を続ける。最近多いのは近所の人とのトラブルの話だ。

「でね、前回お話ししたかしら、お向かいのお宅のね、ご老人のことなんですけど、ご老人なんて言ったら失礼ね、今は高齢者って言うんですね、その方が夜に大きい声を出すんです。それでうちはほら、世田谷の静かなところでしょ、びっくりして起きてしまって。そうするともうしばらく眠れないのよ。小田原で買った漢方を飲むんだけれど、それでもあんまりでね」

不眠の訴えもあるようだ。これがいつものパターンだと便秘につながるのだが、今日はどうだろうか。

そんなことを考えながら聞いているうちに、じわりと腹痛が増してくるのが感じられた。今はもう、明らかに右下腹部である。アッペとしか言いようがない。

「ですからね、そのまま明け方まで起きていて、やっと寝られたと思ったら明るくなってきちゃうんですよ。そうしたらもう寝付けないわけでしょ、それは朝からお通じがスッキリっていうわけにはいかないのよね。わかりますでしょ？　でね、先生にいただいたお薬を飲もうかなと思っていると、朝食の時間が来てしまって、そうなるともう飲むタイミングがなくなっちゃうの。だからね……」

「マグネシウムのお薬はいつ飲んでも大丈夫なんですよ。出ないなと思ったら飲んでください、1日3回まで」

話を遮ってやっとのことで発言する。声を張るとその分腹が痛む。よりによってこの腹痛の今日、山田さんの外来はきつい。

それから20分ほど話して山田は退室した。途中、意識が朦朧としかけたが、何とか耐えることができた。毎日便通はあり、困ってもいないということが判明して、がっくりした。

他の患者の待ち時間が15分ほど増えている。

腹痛をこらえつつも、白衣の下から、小さくまとめてテープで止めた点滴の管が覗《のぞ》かないよう気をつけて外来を終えた。

「先生、荒井です。手術室、12時に入室させてもらえるそうです」

荒井が調整をしてくれたのは助かった。なるべく院内に話が広がらないよう、隠密《おんみつ》行動でこっそり手術室と麻酔科に自分の緊急手術の依頼をしてもらったのだ。

「ありがとう、こちらは外来が終わった」

「本当にお疲れ様でございます」

時計を見ると11時50分過ぎである。幸い、今日は昼食を摂《と》れないのだ。このまま手術室に直行すればいい。

「いたた……」

うめき声を出しながら立ち上がると、診察室の扉を開けた。

＊

一歩一歩、踏みしめるように院内の廊下を進む。幸い昼になり患者さんもスタッフもあまり歩いてはいない。

右足が地面に着地するたびに、同じ側の下っ腹がずしんと痛む。

本当にただの虫垂炎なのだろうか。これほど痛いものだったのだろうか。もしかしたら穿孔し、周りに腹膜炎が起きているのではなかろうか。急に不安が頭をもたげる。

これから受ける手術で目が覚めないなんてことはないだろうか。全身麻酔とは、つまり呼吸を止めて仮死状態とし、気管に入れたチューブを人工呼吸器につないで無理やり呼吸をさせるシステムである。そうでなければ手術はできないのだが、自分の息が止まるというのは、考えようによっては恐ろしいことだ。しかも、すべては自分の意識がない間に行われる。

うまくチューブが入っても、麻酔薬の副作用で10万人に一人の悪性高熱を起こしたら手術は中止だ。まさか松島がヘマをすることは万に一つもないだろうが、手術中に大地震が起こることだってある。停電がおきたら手術は中止だ。

手の固定具が外れて手術中誰にも気づかず手が台から落ちていたら、腕神経叢《わんしんけいそう》損傷で手先が一生動かなくなることだって起こる。

手術とは、地雷原をゆっくり歩むようなものだ。たかがアッペの手術であってもフィールドには無数の地雷が仕掛けられている。熟練した麻酔科医や手術室看護師、そして外科医が一つひとつ丁寧に避けて進んでいくのである。

普段いかに恐ろしいことをしているのか、ということに気付く。それも日常的にだ。

残念ながら地雷に巻き込まれて死んでしまう人は必ずいる。1年か2年に一人。術中死《ティッシュ・トート》。自分はまだ経験はない。だが心臓外科も含めた外科全体で見れば2年に1件は発生しているのだ。

右手で白衣の上から右下腹部を押さえ、少しずつ手術室への行軍を進める。エレベーターまではあと少しだ。

「先生。剣崎先生」

後ろを振り向くと、上等そうな栗色《くりいろ》のカーディガンをはおった女性が立っていた。

「山口《やまぐち》さんじゃないですか」

忘れるはずもない。山口さとみ、外科の患者であった。華やかな目鼻立ちをしたさとみは、大学在学中に司法試験に合格し、大手法律事務所からニューヨーク州に留学、そこでも司法試験に合格していた。彼女を見た者は誰しもただ者ではない、と感じるだろう。

彼女と初めて会ったのは2年も前のことだ。さとみは大腸憩室炎《けいしつえん》という病気を発症し、こともあろうに大腸が穿孔を起こしてしまったのであった。腹痛を生理痛と勘違いした産婦人科医と、さとみの類稀《たぐい》なほどの我慢強さのおかげでだいぶ苦しみはしたが、適切なタイミングから10時間ほど遅れて相談が来、真夜中に緊急手術を行ったのだ。

憩室出血にしては珍しい動脈性の大出血であり、大至急の手術で剣崎が執刀したのだ。3リットルの輸血とともに救命できた患者である。

「あれ、先生どうしたの？　大丈夫？」

外資系勤務だからか、それとも同年代だからか、さとみはいつもこんな口調である。法律家という職業は医師にとって同じ専門職という意味で親近感もある。

「ちょっとね」

「どうしたんですか？　先生がお腹痛いの？」

「ええ、まあ」

誰がどう見ても腹が痛い人である。

「ちょっとね、盲腸になっちゃって、これから手術を受けるんですよ」

「えっ！　それは大変。先生、プロだから大丈夫でしょうけど頑張ってね」

さとみの手が背中に触れた。

「ありがとうございます。山口さん、調子はどうです？」

手術で切除したところ以外にも大腸憩室があり、そちらがしばしば憩室炎を起こして腹痛と発熱で内科にしばしば入院していると聞いた。憩室というものは誰でも加齢や便秘で作られる大腸の「小部屋」のようなものでそれ自身は病的ではないが、ここに便が溜まると炎症を起こしやすい。なかなか厄介な「おまけ」である。

「実はね、今からまた入院なんです。仕事やりすぎちゃって、また悪くしちゃった」

「山口さんの事務所は外国人弁護士ばっかりなんでしょ、だからオンオフはっきりしてるのかと思ったけど」

「いや、昼休みに皇居ランニングとかしてる人もいるけどね。向こうの時間に合わせて深夜のオンライン会議が多くて。でも手術はもう受けたくないから、こうして悪くなりかけたらすぐ入院してるの」

「手術、もう嫌だもんね」

「すいません、これから手術を受ける人に。しかも外科の先生にこんなこと言っちゃダメよね」

「構いませんよ。くれぐれもお大事になさってください」

「ありがとうございます。先生も」

会釈《えしゃく》して通り過ぎる。ゆっくり歩くのはカッコ悪いから急ぐと、やはり腹に響く。

「先生」

振り返ると、さとみが真っ直《ます》ぐこちらを見ていた。

「先生に会えてラッキーだった。今度、連絡先教えてね」

「えっ」

驚いているうちに去ってしまった。やれやれ、からかわれているのだろうか。

*

「それでは、眠くなりますよ」

麻酔科の瀧川京子の声はいつも優しい。手術台をたくさんのマスク顔が覗いている。

松島はまだ来ていないようで、荒井と手術室看護師のりさ、そして頭上からは京子だ。

みなブルーの帽子にマスクだが、目だけでも表情は窺《うかが》える。

「尿道カテーテル、わたしが入れたげるからね」

にっと笑いながらりさに覗き込まれる。

「勘弁してくれ」

麻酔科医も手術室看護師も全員男にしてくれ、と要望したのだが、「何言ってるの、恥ずかしがる歳《とし》じゃないでしょ。それに今日勤務してるのは全員女子だからダメ」と手術室の看護長、湯浅松子《ゆあさまつこ》に一蹴《いっしゅう》されたのであった。

眠ったら、全裸にされ、口からチューブを入れられ、陰茎から尿道カテーテルを入れられるのだ。そしてお腹の消毒をされ、切られて……

「先生、剣崎先生ー！」

大きな声が聞こえる。肩を誰かがバンバンと叩《たた》いている。

「終わりましたよー！」

聞こえているよ、うるさいな。それよりこっちはまだ眠いんだ、もう少し寝かせてくれ。

「目を開けてください」

この声は、京子……か？

「剣崎先生、手術が終わりましたよ」

今度は耳元で囁《ささや》く声だ。

そうだ、自分は手術を受けて、さっき京子に「眠くなりますよ」と言われて……もしや、もう終わったのか！

剣崎はパッと目を開けた。やっと状況が把握できた。と同時に激しくせきこむ。苦しい。

「先生、ゆっくり深呼吸してください。右の手、握れますか？」

口から入った挿管チューブがまだ気管の中にあるのだ。パニックになりそうになるが、挿管チューブのせいで声は出ない。必死に深呼吸をし、右手をぐっと握る。

「いたたた！　先生、強いってば」

足元から聞こえるこの声は誰だ。りさか。

「はい、それでは今から管を抜きますね。ゆっくり深呼吸、続けてくださいね」

動じない京子の声に、落ち着きを取り戻す。吸って、吐く。しぼみかけた肺が、小さな風船の集合体のような肺が、隅々まで広がるのを感じる。

「お口を開けてー‼」

りさが覗き込む。そんな大きな声を出さないでもわかるよ。

目一杯、開口すると、喉《のど》からぬるりと管が抜けた。またむせこむ。

「剣崎先生、お疲れ様でした」

口の周りは唾液《だえき》や痰《たん》で汚れ、涙目になっているのだろう。

「ありがとう」

かすれた声でなんとか告げた。羞恥心《しゅうちしん》に襲われたので、そっと目を閉じた。


「どや、痛みは」

個室の病室に戻り寝ていると、あの男の声が聞こえた。松島だ。

「ありがとう、まっちゃん。おかげでめちゃくちゃ痛いよ」

傷はおそらく臍《へそ》に3センチほどのものだけだろう。いわゆるSILS《シルス》、単孔式腹《ふく》腔鏡《くうきょう》手術だ。英語のSingle Incision Laparoscopic Surgeryの頭文字を取ってそう呼ばれる。一つだけの傷をつけ、そこから5ミリのカメラと2本の鉗子《かんし》の合計3本を入れて手術を完遂するという、高い技術を要する手術の方法である。患者にとっては、傷が少ないため痛みが小さく、整容面でもメリットがある。

「さよか、ほんなら開腹でやった方が良かったな、荒井あたりにガバッと開けさせてな」

冗談に笑うと、ズキンと臍が痛んだ。

「やめて、笑うと痛いよ」

「腹ん中見たら、真っ黒やったで。京子ちゃんもわらっとった、やっぱり腹黒やって」

「いたた、勘弁して」

「虫垂は破れとらんかったけど、糞石もあったしなかなか腫《は》れとったで。なかなかええ大腸しとった」

醬油差《しょうゆさ》しより少し大きいくらいの小瓶をポケットから出すと、ベッドサイドに置いた。

点滴のチューブをさばきながら手に取る。

透明なホルマリンの液体に浮かぶ、太ったミミズというか、細めのタラコというか、赤黒い虫垂。一緒に浮いている石は、この虫垂の中にあった糞石だろう。

こいつが居たから、抗生剤で「散らす」治療を選択できず、手術になってしまったのだ。

「ほな、明日からカツ丼《どん》出しといたから食ってや」

「ありがとう」

最後まで冗談を言いながら松島は出て行った。

もう一度、手元の瓶に目をやる。自分の内臓を直《じか》に見るというのは不思議なものだ。この歳、40歳になって初めて自分の体にメスが入った。

外科医として散々人を切ってきたのだから、因果応報という意味ではいつかはあると思っていたし、手術を受ける患者の気持ちがわかったから良い経験だとは思う。たかがアッペではあるが、自分の体の衰えや、生命の限界みたいなものを感じないわけではない。死の気配を感じた、などと言ったらがん患者には大袈裟《おおげさ》だと怒られるだろうが。

人は生まれて、病や怪我《けが》を得て、いつか死ぬ。何千年も変わりのないさだめだ。何億人もの人々が浮かぶその大河の中に自分もいるのだ、と初めて実感したのかもしれない。

学生時代に凝った太宰治《だざいおさむ》は、虫垂炎をこじらせて入院した病院で麻薬性の鎮痛剤パビナールが癖になり、退院後も薬局で買って中毒になった。その辺りから人生が転落して行ったのだ。

もし自分もあの時代に生きていたら、同じような経過を辿ったのかもしれない。今朝の激痛を生涯忘れることはないだろう。

外科業界にある「たかがアッペ、されどアッペ」という言葉には、味わい深いものがある。たかがアッペとこれまで軽視していた自分の姿勢は、大きく変わることになった。

「ヤスナガさん、ではリハビリを始めますね」

廊下を歩く患者と、男性の理学療法士の声が聞こえる。扉が閉まっているというのに、すぐ隣にいるようだ。

それでも、押し寄せる眠気には敵《かな》わない。

布団を顎《がっ》下《か》まで捲《まく》り上げると、目を瞑《つむ》った。

「失礼します」

若い看護師の声が聞こえる。一瞬、どこで寝ているのかわからなくなるが、ベッドの硬さで入院中だと思い出す。

顔を上げると、病棟看護師の河合《かわい》菜愛《なちか》であった。特徴的な名前なので、看護師からも医師からも〝なちか〟と呼ばれている。まだ大学を卒業してから3年目、やっと最近リーダーを始めたばかりの子だ。溌剌《はつらつ》とした雰囲気はいかにも良い家庭で育った風である。

「菜愛さん、どうしたの」

夜間の巡視の時間だろうか。それなら声はかけずにちらと覗くだけだと思うが、何の用だろう。

「剣崎先生、すいません、こんな時間に。実はちょっとご相談があって」

個室の引き戸を開けたすぐのところで、ハキハキと喋《しゃべ》り続ける。

「今、何時？」

「ええと、23時を過ぎたあたりです」

こんな夜更《よふ》けに個室に来るというのは、正直よろしくない。この麻布中央病院では過去に、当直している研修医の仮眠室に密《ひそ》かに看護師が入っていくところを見たという噂《うわさ》があったが、彼女に限ってそういうことでもあるまい。

「それで、先生、ほんっとうーに申し訳ないのですが」

「あの、いいんだけどさ、もうちょっと小さい声で話せる？」

病室というものがけっこうな安普請《やすぶしん》だと知ったのは、さっきのことだ。

「隣とか廊下に丸聞こえだから」

「すいません！」

謝罪の声もまた大きい。

「だから、ちょっと小さく……」

喋ると臍の傷が痛む。

「先生、大丈夫ですか？」

「うん、大丈夫」

ベッドに寄ってくる菜愛に、思わず警戒した。が、看護師として心配しただけのようだった。

「それで、相談ってなに？」

なるべく棘《とげ》のないように心がける。

「そうだ、すいません。実はリカバリーベッドの患者さんのことなんですが、ちょっと血圧が低くて尿量が少なくて……」

「え？」

「あの、先生の患者さんじゃないのですが、すみません」

なんと、患者についての相談だったのか。変なことでなくて良かったが、入院患者に患者の相談をするというのも驚きだ。

「あのさあ……」

小言の一つも口にしようかと思ったが、向こうも困っているに違いない。ここで自分が対応しなければ、当直医が電話で起こされることになるのだ。

「あの人、まっちゃんの患者だよね？　若いから一本入れちゃっていいよ、ガイエキ」

「わかりました！　速度はどうすればいいですか？」

「全開でいいよ」

「はい、ありがとうございます！　先生、電子カルテのオーダーはいつ入れますか……」

「今はさすがに勘弁して。明日、誰かに入れてもらって。今は口頭指示でよろしく」

「わかりました、すみませんでしたー！」

最後にもう一度大きな声を出して若いナースは部屋を出て行った。

医者が自分の働く病棟に入院するとこんなことが起こるのか。

剣崎は硬いベッドに横になると、目を瞑った。

薄目を開けると、個室のドアから廊下の灯りが漏れている。チラチラと動くこの灯りは、巡視の看護師が持つ懐中電灯だろうか。

臍のあたりに痛みを覚えた。痛み止めは寝る前に飲んだはずだが、4時間ほどで血中濃度は下がるはずだ、もう切れているかもしれない。いったい今何時なのだろう。床頭台《しょうとうだい》に置いたスマートフォンに手を伸ばす気力はない。

どうやら目が覚めてしまったようだ。ワンルームの部屋ほどの広さの個室の左にはカーテンが、右の扉の脇《わき》にはトイレとシャワーが備え付けてある。左手側の柵《さく》につけられたリモコンでベッドの背もたれを上げる。じわりと臍が痛む。

背中に汗をかいているが、点滴が繋《つな》がれた状態では一人で着替えるのも容易ではない。こんな時間にナースを呼ぶのも迷惑だから着替えはしない。

俺はわかったような顔をして、ただ看護師の言うことに従い薬を出していた。それ以上はできないと言えばできないのだが、それでも早く点滴や管を抜くとか、夜間は点滴を止めるとか、もっと患者のQOLについて考えてもよかったのではないか。

ふと尿意をもよおした。尿道に入れられた管は手術直後の麻酔がかかっている間に抜かれていたが、そのあと一度も排尿をしていないのだ。

起き上がって5歩ほど歩き、便座に座れるだろうか。途中で気分が悪くなったり、痛みが激しくなったりしたらどうしたものか。ナースコールのボタンは紐《ひも》に繋がれているからそこまで伸びないし、夜中だから次の巡視まで倒れたままになってしまう。まさか大声で助けを求めるわけにもいくまい。

一縷の望みをかけて、ベッドにしびんが掛けられていないか見回すが、置かれていないようだ。さて、困った。しかしこのぱんぱんに張った膀胱《ぼうこう》にはおそらく500ミリリットルほどの尿が蓄えられているだろうから、朝まで持つとも思えない。さっきの声の大きい菜愛さんがたまたま来てくれないものだろうか、とも思うが、夜勤ナースは忙しい。また他の患者の指示を仰ぐようなことでもなければ訪室しないだろう。

くすんだ銀色の点滴台からぶら下げられた透明の点滴バッグからは、無慈悲にポタポタと液体が落ち続けて体内に投与《イルリガートル》されている。

さて、肚《はら》を決めるしかない。背もたれをさらに上げて直角にし、そっと右足から動かす。

「うぐぐ」

声が出てしまう。そのまま体を移動させ、左足も下ろし、立ち上がる。

「いたたっ」

腹に力が入ると痛むが、立ってしまうともう痛みはない。これも患者から何度も聞いたことだ。

点滴台の手すりを持ってそろりそろりと歩き、便座の前で愕然《がくぜん》とする。

もう一度、腹に力を入れて座らねばならないのか。そしてそのあとには立たねばならない。

これまで何百人の手術後翌日の患者に、「とにかく歩いてください、歩けば歩くほど回復が早くなりますよ」と言ってきたのだろう。俺はこんな苦行を強いていたのだ。

パンツを下げると、術衣をまくる。覚悟を決めて上体を折った。

「うっ！」

呻《うめ》くが、なんとか座ることができた。大きく息を吐き、リラックスする。尿は出るだろうか。

脳が排尿ＯＫの指令を出すと、尿道括約筋という水門が緩み一気に出だす。同時に感じる尿道の灼熱感《しゃくねつかん》は、カテーテルが入っていた影響だろう。これも痛いが、仕方がない。

再び立ち上がると、ベッドにもどった。

すっかり目が覚めてしまった。

病院の夜は長い、といったい何人の患者から聞いたことだろう。

普段飲まぬ患者に睡眠薬を出したことも数えきれない。これも経験だ、一度飲んでみても良いかもしれない。

スマートフォンに手を伸ばす。「3：35」と表示されている。今、眠剤《ミンザイ》など飲んだら朝から眠くて仕方がないだろう。我慢するしかない。

ベッドのコントローラーで足を上げる。暗い部屋には、ぼんやりとドアから廊下の灯りが漏れ入っている。

アッペごときに、しかも虫垂炎は治った術後だというのに、こんなに苦労するとは思ってもみなかった。つくづく、経験してみなければわからないものだ。

40歳という歳は、もうそれほど無理がきかない年齢なのかもしれない。かつてはサッカー部で週5日は球を蹴《け》っていた。体力なんて無限にあると思っていた。だから30代も凄《すさ》まじい働き方で一気に駆け抜けようとしていた。どれほど疲れても、カッと酒を食らい一晩眠れば完全に回復したのだ。その季節は終わったのかもしれない。

たまたま発症したのだ、と言うには最近特に疲れていた。風邪でも引いたら嫌だな、と思っていたのだ。

外科医という職業は、無尽蔵に体力があることを前提としている。立ちっぱなしの手術が疲れるだけではない。昼も夜もない緊急手術、少ない休日、書類仕事を含めた雑務の数々……

何歳まで続けるのだろうか。そろそろ考えていく必要があるのかもしれない。目も手もダメになっていくだろう、この肉体。

もしかしたら今がピークなんてことはないだろうか……

結局、剣崎は朝まで一睡もできなかった。

6時になり、ドアがノックされた。

「失礼します」

菜愛であった。

「先生、すみません、採血と検温なのですがいまよろしいでしょうか?」

まるで紙に書かれた原稿を読み上げるように言う。よほど部屋に入りづらかったのだろう。

「ああ、いいよ」

「失礼します。どうですか、調子」

「うん、あまり眠れなかった」

「そうですか」

患者のそんな訴えには慣れているのだろうか、受け流した。

「採血、右手からでいいですか?」

「いいよ」

病衣をめくり、右腕を出す。

「失礼します」

細長いゴムチューブを脇の下に巻くとぎゅっと締めた。右手の指先にかすかなしびれが走る。

「ちょっと触りますね」

白い指先が冷たい。

「ごめん、あんま俺、見やすくないんだ、血管」

「そんなことないですよ、よく見えます」

菜愛は肘《ひじ》のあたりで目標を定めたようであった。

「アルコール綿、大丈夫ですか」

「うん、飲みたいくらい」

「あはは、ですよね」

笑い声がわざとらしい。軽口をたたいてリラックスさせようとした試みは失敗したようだった。

菜愛はトンボ針を取り出すと、

「じゃあ、刺しますね」

と言うと同時にさっと針を刺した。

「いたっ！」

健康診断で採血されるとき、決まって激痛が走るので目を背けるようにしていた。

普段人の腹を切っている者が何をやっているのだと言われそうだが、痛いものは痛い。

「ええっ！　すみません！」

「いま3年生だよね？　いや、俺、痛がりだから。思い切りが良くていいよ、上手だ」

「はい、3年目になりました！　ありがとうございます！　しびれとかありませんか？」

「ないよ」

急に明るくなった菜愛の顔にこちらもホッとした。失敗されるのも嫌だが、緊張する訳もわかる。なにせ普段一緒に働いている医者の腕を刺しているのだ。

「良かったです！」

慣れた手つきで採血ボトルを次々に繋げる菜愛を見ていた。きっとこの子は田舎のいい家で生まれ育って、何一つ迷うことなく医療の道に入り、看護学生でも頑張って戴帽式《たいぼうしき》なんかで泣いたりして、看護師になったんだろう。

このまま、まっすぐ育っていけばいい。そんなことを考える俺はとっくにおっさんだ。

「緊張、した？」

「はい、部屋に入るとき、ちょっとしました。先生の採血ですから」

「そうか」

「先生、あの……」

「ん？」

「いえ、お大事にされてください。いつもの先生と全然違って、お元気さがまったくないので心配です」

「ありがとう、医者がそんなこと言われるんじゃ失格だよね」

菜愛が部屋を出たあとでも、しばらく冷たい手の感触が右腕に残っていた。

うとうととしている間に運ばれてきた朝食を見て、言葉を失った。

「これ……多すぎだろ」

食札《しょくさつ》を見ると、「全粥《ぜんがゆ》　１８００キロカロリー」とある。

小さくないどんぶり一杯にお粥がなみなみと注がれているではないか。数日間ずっと調子が悪くあまり食べていなかった上に、昨日腹を切られたのだ。こんなに食えるはずがない。

入院患者の食事の内容はすべて医師が指示している。栄養士が献立を考え、調理師が作り、看護師のチェックのもと配膳《はいぜん》するのである。病院食のバリエーションは、カロリーのみならず、どれくらい刻むか、ドロドロさせるか、あるいはアレルギー食品を避けるか、塩分は何グラムにするか、補助食品はつけるか否《いな》か等と選択項目は20種類以上もある。

その中で、当該患者にとって医学的に妥当な食事を指示するのである。

しかし、全粥1800キロカロリーがこれほどの量だとは知らなかった。今日の前にあるこのどんぶりは、凄まじい威圧感を放っている。

例えば80歳を超えるような高齢者にも平気で手術後にこんな食事を出しているが、はたして彼らにこんなものが食えるのだろうか。オーダーを入れたのは荒井だろうが、あの男はこの全粥1800キロカロリーの強さを知っているのだろうか。自分も知らなかったのだから偉そうなことは言えないが。患者にならねば見えないことはいくつもあるものだ。

剣崎は、数口のみ口をつけただけで食べるのをやめ、再びベッドに横になった。

「よう、重症患者さん」

扉が開くと松島が顔を出した。

「回診に来たで。どや」

「だいぶ良くなってきたよ、ありがとう」

「今日の採血データ、これ」

手に持っている紙を渡してくれた。今朝の採血の結果を印刷したものだ。ざっと目を通す。一番に見るのは炎症所見、つまり白血球である。昨日は1万4000であったのに、今朝は9800まで下がっている。

「だいぶようなったな。退院どうする？」

「まだちょっと無理かな。結構しんどいもんだね、アッペって」

「まぁ、この際数日のんびりしたらどうや。普段昼も夜もないワーカホリックなんやから」

「人のこと言えるかね」

「外来は荒井にやらせて、ケモ関係は俺が見とくから。オペ予定もまあ、飛ばせるのは飛ばせるやろ」

そうであった。いつ退院できるかわからないが、外来もオペ予定もしっかり組まれているのだ。自分一人が休むだけで、何十人もの患者が影響を受けてしまう。

「……外来もオペもちょい考える。なるべくそのままやりたい」

「そんなんあかんって。第一、ここにおったらできんやろ」

「いや、入院したままやるよ。点滴はロックしてもらって長袖《ながそで》白衣で隠せば、外来できるし回診もいける」

「……どこまで仕事が好きなんや……」

松島が部屋を出たあと、片手で着替えて顔を洗った。病衣だが、上から白衣を羽織ればなんとかなるだろう。カバンに入れておいた白衣に袖を通すと点滴台を押しながら部屋を出た。まだ傷は痛むが、昨日よりだいぶマシだ。朝飲んだ痛み止めが効いているのだろう。

廊下に出ると看護師が食事を配膳していた。

気付かれぬよう、大きな配膳カートの脇を通り抜けるとナースステーションに入った。

「あれ、先生どうしたんですか？」

座って記録を書いていた菜愛に気づかれた。

「ん、ちょっとカルテ見ようと思ってね。ちょうどいい、点滴抜いてくれない？」

「はい、わかりました」

すぐにアルコール綿と茶色いテープを持ってくると、手際《てぎわ》よく抜いた。

身軽になり、キーボードを叩いて電子カルテにログインする。

入院患者一覧の中で、自分が主治医となっている患者は8名だ。それほど多くはない。外科医というのは個人事業主のようなもので、プレイヤーとして患者を担当する。上長はいるが、彼とてプレイヤーのひとりであり、部下の担当患者をすべてみて指示を出すわけではないのだ。ほぼ全《すべ》ての重要な決定事項は主治医が一人で行い、カンファレンスは承認作業のようなものである。

だから、自分が入院している間に8人の患者の治療が滞ってしまう可能性がある。もちろん、状況が状況だから松島がフォローしてくれているが、それでも重要事項は基本的に「あとで主治医と相談して下さい」となるのだ。

大腸癌《だいちょうがん》の手術を先週行った患者が3名、急性胆嚢炎《たんのうえん》の手術を行った患者が1名。直腸穿孔《せんこう》で緊急手術を行い、その後に合併症である腸閉塞《ちょうへいそく》、肺炎を起こし2ヶ月の長期入院となった患者。それに、胃癌が再発して食事が取りづらくなった80歳の患者、抗がん剤治療《イリノテカン》の副作用の下痢がひどく入院となった患者、来週大腸癌の手術予定の患者というのが8名の内訳だ。

幸い、アクティブな患者、つまり病状が不安定な患者はいない。荒井のカルテを見る限り、この時点で動く必要のある要件はなさそうだ。

続いて、「外来」のボタンをクリックする。

木曜の今日は外来があるが、定期検診のような患者はすでに別の日に変更の電話を入れてくれているようで、いつも20～30人ほどいる外来は4人のみになっていた。いずれも3週ごとに抗がん剤治療を受けている患者だ。

ざっと目を通すと、PHSが鳴った。

「おはようございます、朝から申し訳ありません」

荒井の声だ。

「よう大先生、全粥1800はきつかったよ。どうした?」

少し間が空いてから返事があった。

「すいません、最初から常食にすべきでした?」

「いや、そうじゃなくて。まあいいや、何だよ、朝から」

「はっ、実は救急外来に先生の患者さんが来てまして。直腸癌術後の中谷慶三《なかたにけいぞう》さんなのですが、抗がん剤の副作用で食思《しょくし》不振があります。これからの治療方針のことで悩んでいるそうで、先生にお話がと朝からお待ちなんです」

「わかった、急いで行くよ」

「申し訳ありません」

立ちあがろうとすると臍に激痛が走る。声を出すと看護師に気づかれるから、ぐっと堪《こら》える。

「ちょっと、剣崎先生、なにしてるの！」

後ろから声をかけてきたのは外科病棟の看護師長、七沢美香だった。

「美香さん、おはよう」

「おはようじゃないわよ、昨日アッペ切ったらしいじゃない。私お休みだったから知らなかった、今朝病棟来て患者一覧に剣崎ってあったからひっくり返りそうになったわよ。同姓同名じゃないよねって周りに聞いたら、剣崎先生ですって言うし」

「いや、すいません」

何を謝っているのかよく分からないが、一応謝っておく。

「で、傷は痛むの？」

「ええ、痛いですね」

「まあちょうど良いわよ、先生も患者さんの気持ちが分かるんじゃない？　いつも切ってばっかりなんだから、たまには切られてもいいわよね」

美香もなんだか嬉《うれ》しそうだ。医師が患者になるのはやはり面白いらしい。

「参りました」

「ま、ともかくあんまり無理しないで。病室はいいところ取っといてあげるから。患者目線でクレームあったら教えてね」

そう言うと、顔を近づけて小声で続けた。

「どのナースの感じがいいとか悪いとかも、教えてよ」

そんなことを言ってもいいものだろうか。自分にとっても病棟看護師は同僚なのだ。

「もう仕事するのね、先生。いつ退院する？」

剣崎が手術翌日の今日から仕事を再開することについて、美香は特別の感慨を持っていないようだった。

「そうですね、明日くらいですかね」

「決まったら早めに教えて」

あやふやに返事をし、廊下に出た。

踵《かかと》が地面に落ちるたび、臍の傷に響く。なるべく痛まないよう、そうっと歩いた。

廊下をしばらく進んだところで、またしても見覚えのある顔が角を曲がってきた。

「先生、おはよう」

昨日ばったり会った山口さとみであった。優しげに笑いかけてくれる。

「大丈夫？」

病衣の上に薄いピンクのカーディガンを羽織る入院患者のいでたちではあるが、背筋が伸び、しっかりと化粧をしている。さとみが持つと点滴台がブランド品のように見えるから不思議だ。

「ああ、山口さん。おかげさまで。けっこう痛いけどね。ここの病棟だったんですか？」

「ええ、なんでも内科病棟がいっぱいだからって。ここは手術受けた時にお世話になった看護師さんがたくさんいて居心地いいわ」

「そりゃ良かった」

「あれ、先生手術はどうだったの？」

「昨日無事終わりましたよ、だから今日から復帰するんです」

「今日から？　何考えてるのよ、先生、働きすぎ。ちょっとは休みなさいよ」

「休みましたよ、昨日の夜」

さとみは呆《あき》れた顔をしている。

「先生ねえ。私が言うことじゃないけど、どんな仕事も体が資本よ。体を悪くするとどれだけ経済損失があると思ってるの」

「損失、ですか」

さとみは前回の入院中にもよくこんな話をしていた。弁護士とはそういうものかと松島と酒のつまみにしたものだ。

「そうよ、1日仕事を休むと私は少なくとも8万円収入が減るわ。先生だってそれくらいでしょ？」

そんなことを急に訊かれてもよくわからない。が、患者はそういう風に考えるのだろうか。

「うーん。まあ、僕は仕事休まないんで」

「そうか。医者ってすごいわね、究極まで体力を搾《しぼ》り取るのね。医学が分かってるから限界も見えてるのかしら」

困ったような表情がさとみの整った顔によく合う。

「そんなことないですよ、外来の予約患者さんがいるから仕方ないんです」

「でも、痛いんでしょう？　もしかしてドクターはなにか特別な痛み止めをもらえるの？」

笑うと腹の傷が痛むので、変な表情になってしまった。

「ごめんなさい、笑うと痛いわよね、わかるわ」

「特別なんてないですよ、同じです。でもね、山口さん。僕に切られる患者さんの気持ち、初めて分かりました」

うんうん、とさとみは手を組んで頷《うなず》いた。

「そうよ。先生、私を切ったあとだって翌日から歩け歩けって命令したんだから。患者のしんどさが伝わって嬉しいわ。先生、じゃあさ」

いたずらっぽく笑って続ける。

「退院したら、快気祝いしましょう。すっごくいいお寿司《すし》屋さん、この近くに見つけちゃった」

「えっ！」

患者と食事に行くというのは通常はしないことだ。だがさとみの誘いなら、ちょっと乗ってみたい。

「じゃあ決まりね。あとでメアド教えてね。先生の経済的損失の分、奢《おご》ってあげるから」

強引に決めていくのは、普段の仕事の流儀なのだろう。

じゃあ気をつけて、と言うと、さとみは颯爽《さっそう》と歩いていった。腹痛を引き起こす憩室炎で入院しているはずなのに、痛そうなそぶりをみせないのが不思議である。つくづく不思議な女性である。圧倒的なキャリアと頭脳を持つさとみ。あれほど魅力的な女性なのだから、周りが放っておかないだろう。ともあれ、回復してからの楽しみができたことは間違いない。

この傷も2、3日もすれば完全に閉じる。虫垂を切った腸ももう動き出している。明日には食べることが出来、早々に回復してゆくはずだ。

俺を待つ患者がいる。自分でなければ彼らは救えないのだ。

外来へと急ごう。

解　説

植田博樹

　中山祐次郎先生。初めまして。ドラマプロデューサーの植田博樹と申します。先生の新作、拝読しました。凄《すご》く凄く面白かったです。いや、圧巻でした。剣崎《けんざき》・松島《まつしま》の最強バディー感の強い前作から、今作はチーム感へと、ますますエンタメ性も膨らんでおり、わくわくしながら夢中になって読みました。最前線の外科医の見ている風景そのものの持つ強さを損なうことなく、前作の登場人物の「その後」も描かれていて、感動も苦みも深みもあり、「これぞ医療エンターテインメントの真骨頂だ」と感銘を受けました。

　中山先生ご自身が多忙な外科医でありながら、これほどまでに惹《ひ》きつけられる作品をお書きになられることに、心から尊敬の念を抱きます。実際に経験されたことをベースに書いてらっしゃるのだと推察しますが、繕《つくろ》うことのない自然体が、剣崎というキャラクターそのものに現れているのだろうと感じました。

先生は「バディーにしたかった優秀な同僚外科医と、ある時に袂《たもと》を分かってしまった」と述懐されていますが、自分の少ない経験から申し上げましても、同世代とバディーを組むのは本当に難しいものだなと思います。価値観を共有し、数々の修羅場を共に潜《くぐ》り抜けたはずなのに、何かのはずみにあっけなく壊れてしまう。不思議なものです。

だからこそ、剣崎・松島のコンビに憧《あこが》れを抱き応援したくなる。麻布十番のバー「The One」に行って二人の会話を傍らで盗み聞きしたいというヲタな欲望さえ芽生えます。

これまでプロデューサーとして「ケイゾク」「SPEC」などのテレビドラマや映画で「バディー」を何組も作ってきましたが、同世代のコンビは一つもありません。必ず年齢差や性差をつけています。事件やトラブルに巻き込まれていない白の新人と、現実に汚れた黒の大人とのコンビというケースが多かったです。御想像の通り、考え方や世代のギャップがあるほど描くのが楽だというお恥ずかしい理由からです。

同世代のバディーものでうまくいってるな、と感心するものは、シャーロック・ホームズとワトソン、ルパン三世とその一味ぐらいではないでしょうか。等身大でリアルな物語という枠組みにおいては、大げさではなく、本作は希少な大成功例だと思います。同じ消化器外科医でありながら考え方も似ていて、心底、意気投合できる剣崎・松島というコンビを描くシリーズのエンタメとしての完成度には、羨望《せんぼう》と賞賛しかありません。参りました。全面降伏です。

と申し上げてみたものの、やっぱり悔しいのでなぜこのコンビがこんなにも魅力的なのかを自分なりに分析してみました。

ひとつは、困難の森を共に掻《か》き分けて進み、見事に命を救うというゴールに絶対的な痛快さがある、即《すなわ》ちエンタメの王道をてらいなく描くことに成功しているという点。

もう一つは、「救う」か「救わざるべき」かという哲学的な命題をめぐる葛藤《かっとう》を描くのに、剣崎と松島という中堅の凄腕《すごうで》外科医二名の配置が絶妙であるという点。その二つの理由がまず浮かびました。

前者は、多くの医療物のいわば柱です。でありながら凡百の作品と比べて、中山先生の描写には、圧倒的な緻密《ちみつ》さとリアリティーを感じます。

「ディテールにこそ神は宿る」とは芸術の世界でよく使われるフレーズですが、ことエンタメではとても重要なポイントです。（と言っても、僕は医療に関しては素人《しろうと》でして、医療ドラマを少しかじった身として、医療監修の先生から飛び出していたフレーズが文面にあふれ出てしまっただけで、ちょっとわかっているふりをしてしまいました。すみません）

そして後者においては、「凶悪殺人犯を救うべきか」「自殺志願者を救うべきか」など、多くの医療従事者が日々思い悩む命題に、本作でも果敢に切り込んでおられます。剣崎と松島の抱える葛藤は、恐らく中山先生が抱えてらっしゃるものと等しいのであろうと拝察します。

つらつら綴《つづ》ってまいりましたが、本作の決定的に秀逸なところは、剣崎も松島も等身大でありながらみんなの憧れるヒーローだという点にあると思料します。

医療エンタメとしてのバイブル、手塚治虫先生の「ブラック・ジャック」にも類似したエピソードがあります。それを読んだ当時、「医療とは何か」「医師の使命とは何か」というテーマに大きな衝撃を受けたのですが、本作では、その衝撃とは異なる「わがこととして考える」という深い感覚を得ました。その訳はやはり、剣崎と松島がいつの間にか自分とシンクロしてしまう魅力にあふれたキャラクターだったからに他なりません。

ここまで書いて白状しますが、僕自身は、近年、医療エンターテインメントを忌避していました。作品として若干関与してはいたのですが、他者の作る医療物のドラマや小説に強い拒否感を抱いてしまったのです。

理由はよくあるものです。

コロナ禍下に父と母を相次いで病気で亡《な》くしました。両親の闘病に当たって、色々と不条理な思いをしたのです。詳細は伏せますが、かかりつけ医がいたにもかかわらず、いずれも末期癌《がん》の状態になってやっと見つかるというお粗末さで、僻地《へきち》ゆえの医療格差に愕然《がくぜん》としました。東京の知り合いが手配してくれて、在京の権威ある名医にも診てもらったのですが、時すでに遅く、絶望の中、地元に肩を落として帰りました。

その上、保険診療の都合で病院を転々と移され、挙句、あっけなく二人とも逝《い》ってしまいました。どこに行っても、オペの適用外だという事実だけを外科医たちから告げられ、絶望を繰り返し味わいました。父も母も気力をなくし、未来を考えることのない死を待つだけの末路でした。内科の先生や看護師さんたちには、本当に良くしていただいたのですが、「先生」と呼ばれる職業の方は、僕ら市井《しせい》の民とはそもそも身分が違うのだなと、ぎりぎりと悔しさをかみしめました。

ドラマの医療監修でお世話になった超一流の先生方の優しく情熱に満ちた人柄と、

父母と共に接した外科医のそれとのギャップに唖然《あぜん》としたのです。「ブラック・ジャック」に熱狂し、医者がヒーローであることを微塵《みじん》も疑うことのなかった僕は五十歳を過ぎてから、極度の医療不信に陥りました。

ですから、本作に触れるには少なからず抵抗がありました。

そして読み終えて思ったことは、父母を剣崎先生や松島先生に診てもらいたかったな、ということです。たとえ父母が助からなかったとしても、です。

エンタメとしてのカタルシスや医療における哲学的命題よりなにより、本作の魅力はヒーローとしての二人の医師が輝いていることにあると僕は思います。

若き日は「ブラック・ジャック」に超人的な魅力を感じましたが、歳《とし》を重ねて、それは絵空事としてしか感じられなくなりました。その代わりに剣崎・松島というリアリティーのある医師に等身大ならではのヒーロー性を見出《みいだ》し、心からの憧れを感じました。

彼らのモデルであろう、中山先生にいつか自分や家族、知人が体調を崩したときには、診ていただきたい。剣崎の恩師、入江先生が剣崎に「こいつにならせて後悔しない」と思ったように、僕らが頼るべきなのは、腕の評判もさることながら、生命を任せて信じるに足る医師だと思うのです。

世に医療関連書籍は無数に存在します。名医と呼ばれる医師のカタログも山ほどあります。ネットにアクセスすれば様々な情報が溢《あふ》れています。

でも「自分でなければだめなんだ」と剣崎が自任するように、今の僕にとって自らや大事な人の身体を任せたいのは、剣崎先生や松島先生、中山祐次郎先生しかいないと強く強く思うのです。

いつの間にか、解説ではなく、中山先生へのファンレターになってしまいました。このシリーズの続きが明日にも読みたくなっています。

そしていつかお目にかかれる日をと、心より願っています。出来れば、麻布十番のバー「Ｔｈｅ Ｏｎｅ」で。

（二〇二四年七月、ドラマプロデューサー）

本書は文庫オリジナルの作品集です

初出一覧

「救いたくない命」　「小説新潮」二〇二二年九月号
＊『夜明けのカルテ　医師作家アンソロジー』（新潮文庫）に収録
「午前4時の惜別」　「小説新潮」二〇二三年二月号
「医学生、誕生」　「小説新潮」二〇二三年七月号
「メスを擱いた男」　書下ろし
「白昼の5分間」　「小説新潮」二〇二四年二月号
「患者名・剣崎啓介」　書下ろし

中山祐次郎著

俺たちは神じゃない
―麻布中央病院外科―

生真面目な剣崎と陽気な関西人の松島。確かな腕と絶妙な呼吸で知られる中堅外科医コンビがロボット手術中に直面した危機とは。

藤ノ木優著

あしたの名医
―伊豆中周産期センター―

伊豆半島の病院へ異動を命じられた青年産婦人科医。そこは母子の命を守る地域の最後の砦だった。感動の医学エンターテインメント。

午鳥志季・朝比奈秋
春日武彦・中山祐次郎
佐竹アキノリ・久坂部羊著
遠野九重・南杏子
藤ノ木優

夜明けのカルテ
―医師作家アンソロジー―

その眼で患者と病を見てきた者にしか描けないことがある。9名の医師作家が臨場感あふれる筆致で描く医学エンターテインメント集。

有吉佐和子著

華岡青洲の妻
女流文学賞受賞

世界最初の麻酔による外科手術――人体実験に進んで身を捧げる嫁姑のすさまじい愛の葛藤……江戸時代の世界的外科医の生涯を描く。

遠藤周作著

海と毒薬
毎日出版文化賞・新潮社文学賞受賞

何が彼らをこのような残虐行為に駆りたてたのか？　終戦時の大学病院の生体解剖事件を小説化し、日本人の罪悪感を追求した問題作。

北杜夫著

楡家の人びと
（第一部～第三部）
毎日出版文化賞受賞

楡脳病院の七つの塔の下に群がる三代の大家族と、彼らを取り巻く近代日本五十年の歴史の流れ……日本人の夢と郷愁を刻んだ大作。

帚木蓬生著　閉鎖病棟　山本周五郎賞受賞
精神科病棟で発生した殺人事件。隠されたその動機とは。優しさに溢れた感動の結末――。現役精神科医が描く、病院内部の人間模様。

山崎豊子著　白い巨塔（一～五）
癌の検査・手術、泥沼の教授選、誤診裁判などを綿密にとらえ、尊厳であるべき医学界に渦巻く人間の欲望と打算を迫真の筆に描く。

吉村　昭著　ふぉん・しいほるとの娘　吉川英治文学賞受賞（上・下）
幕末の日本に最新の西洋医学を伝え神のごとく敬われたシーボルトと遊女・其扇の間に生まれたお稲の、波瀾の生涯を描く歴史大作。

浅田次郎著　ブラック オア ホワイト
スイス、パラオ、ジャイプール、北京、京都。バブルの夜に、エリート商社マンが虚実の狭間で見た悪夢と美しい夢。渾身の長編小説。

安東能明著　撃てない警官　日本推理作家協会賞短編部門受賞
部下の拳銃自殺が全ての始まりだった。警視庁管理部門でエリート街道を歩んでいた若き警部は、左遷先の所轄署で捜査の現場に立つ。

朝井リョウ著　正欲　柴田錬三郎賞受賞
ある死をきっかけに重なり始める人生。だがその繋がりは、〝多様性を尊重する時代〟にとって不都合なものだった。気迫の長編小説。

朱野帰子著
わたし、定時で帰ります。
絶対に定時で帰ると心に決めた会社員が、部下を潰すブラック上司に反旗を翻す！ 働き方に悩むすべての人に捧げる痛快お仕事小説。

足立 紳著
それでも俺は、妻としたい
40歳を迎えてまだ売れない脚本家の俺。きっちり主夫をやっているのに働く妻はさせてくれない！ 爆笑夫婦純愛小説（ほぼ実録）。

伊坂幸太郎著
クジラアタマの王様
どう考えても絶体絶命だ。製菓会社に勤める岸が遭遇する不祥事、猛獣、そして――。現実の正体を看破するスリリングな長編小説！

石田衣良著
清く貧しく美しく
30歳・ネット通販の巨大倉庫で働く堅志と28歳・スーパーのパート勤務の日菜子。非正規カップルの不器用だけどやさしい恋の行方は。

江國香織著
東京タワー
恋はするものじゃなくて、おちるもの――。いつか、きっと、突然に……。東京タワーが見える街で繰り広げられる狂おしい恋愛模様。

小川洋子著
薬指の標本
標本室で働くわたしが、彼にプレゼントされた靴はあまりにもぴったりで……。恋愛の痛みと恍惚を透明感漂う文章で描く珠玉の二篇。

荻原浩著
月の上の観覧車
閉園後の遊園地、観覧車の中で過去と向き合う男——彼が目にした一瞬の奇跡とは。過去／現在を自在に操る魔術師が贈る極上の八篇。

奥田英朗著
噂の女
男たちを虜にすることで、欲望の階段を登ってゆく〝毒婦〟ミユキ。ユーモラス&ダークなノンストップ・エンタテインメント！

小川糸著
とわの庭
帰らぬ母を待つ盲目の女の子とわは、壮絶な孤独の闇を抜け、自分の人生を歩き出す。涙と生きる力が溢れ出す、感動の長編小説。

王城夕紀著
青の数学
雪の日に出会った少女は、数学オリンピックを制した天才だった。数学に高校生活を賭す少年少女たちを描く、熱く切ない青春長編。

尾崎世界観著
母《おも》影《かげ》
母は何か「変」なことをしている——。マッサージ店のカーテン越しに少女が見つめる、母の秘密と世界の歪《いびつ》。鮮烈な芥川賞候補作。

川上弘美著
ぼくの死体をよろしくたのむ
うしろ姿が美しい男への恋、小さな人を救うため猫と死闘する銀座午後二時。大切な誰かを思う熱情が心に染み渡る、十八篇の物語。

角田光代著　**笹の舟で海をわたる**

不思議な再会をした昔の疎開仲間は、義妹となり時代の寵児となった。その眩さに平凡な主婦の心は揺れる。戦後日本を捉えた感動作。

金原ひとみ著　**アンソーシャル ディスタンス**
谷崎潤一郎賞受賞

整形、不倫、アルコール、激辛料理……。絶望の果てに摑んだ「希望」に縋り、疾走する女性たちの人生を描く、鮮烈な短編集。

川上未映子著　**ウィステリアと三人の女たち**

大きな藤の木と壊されつつある家。私はそこに暮らした老女の生を体験する。研ぎ澄まされた言葉で紡ぐ美しく啓示的な四つの物語。

加納朋子著　**カーテンコール！**

閉校する私立女子大で落ちこぼれたちを救済するべく特別合宿が始まった！ 不器用な女の子たちの成長に励まされる青春連作短編集。

門井慶喜著　**地中の星**
—東京初の地下鉄走る—

大隈重信や渋沢栄一を口説き、知識も経験もゼロから地下鉄を開業させた、実業家早川徳次の波瀾万丈の生涯。東京、ここから始まる。

川添愛著　**聖者のかけら**

聖フランチェスコの遺体が消失した——。特異な能力を有する修道士ベネディクトが大いなる謎に挑む。本格歴史ミステリ巨編。

北村 薫著 **飲めば都**

本に酔い、酒に酔う文芸編集者「都」の恋の行方は？ 本好き、酒好き女子必読、酔っぱらい体験もリアルな、ワーキングガール小説。

京極夏彦著 **ヒトでなし**
―金剛界の章―

仏も神も人間ではない。ヒトでなしこそが悩める衆生を救う？ 罪、欲望、執着、救済の螺旋を描く、超・宗教エンタテインメント！

窪 美澄著 **トリニティ**
織田作之助賞受賞

ライターの登紀子、イラストレーターの妙子、専業主婦の鈴子。三者三様の女たちの愛と苦悩、そして受けつがれる希望を描く長編小説。

櫛木理宇著 **少女葬**

ふたりの少女の運命を分けたのは、いったいなんだったのか。貧困に落ちたある家出少女たちの青春と絶望を容赦なく描き出す衝撃作。

小池真理子著 **神よ憐れみたまえ**

戦後事件史に残る「魔の土曜日」と同日、少女の両親は惨殺された――。一人の女性の数奇な生涯を描ききった、著者畢生の大河小説。

今野 敏著 **隠蔽捜査**
吉川英治文学新人賞受賞

東大卒、警視長、竜崎伸也。ただのキャリアではない。彼は信じる正義のため、警察組織という迷宮に挑む。ミステリ史に輝く長篇。

近藤史恵著
サクリファイス
大藪春彦賞受賞
自転車ロードレースチームに所属する、白石誓。欧州遠征中、彼の目の前で悲劇は起きた！ 青春小説×サスペンス、奇跡の二重奏。

河野裕著
いなくなれ、群青
11月19日午前6時42分、僕は彼女に再会した。あるはずのない出会いが平坦な高校生活を一変させる。心を穿つ新時代の青春ミステリ。

紺野天龍著
幽世《かくりよ》の薬剤師
薬剤師・空洞《うろ》淵霧瑚《ぶちきりこ》はある日、「幽世」に迷いこむ。そこでは謎の病が蔓延しており……。現役薬剤師が描く異世界×医療ミステリー！

佐々木譲著
警官の血（上・下）
初代・清二の断ち切られた志。二代・民雄を蝕み続けた任務。そして、三代・和也が拓く新たな道。ミステリ史に輝く、大河警察小説。

桜木紫乃著
緋の河
どうしてあたしは男の体で生まれたんだろう。自分らしく生きるため逆境で闘い続けた先駆者が放つ、人生の煌めき。心奮う傑作長編。

沢村凜著
王都の落伍者
—ソナンと空人1—
荒れた生活を送る青年ソナンは自らの悪事がもとで死に瀕する。だが神の気まぐれで異国へ——。心震わせる傑作ファンタジー第一巻。

篠田節子著
仮想儀礼（上・下）
柴田錬三郎賞受賞

金儲け目的で創設されたインチキ教団。金と信者を集めて膨れ上がり、カルト化して暴走する――。現代のモンスター「宗教」の虚実。

真保裕一著
ホワイトアウト
吉川英治文学新人賞受賞

吹雪が荒れ狂う厳寒期の巨大ダムを、武装グループが占拠した。敢然と立ち向かう孤独なヒーロー！ 冒険サスペンス小説の最高峰。

重松清著
青い鳥

非常勤の村内先生はうまく話せない。でも先生には、授業よりも大事な仕事がある――孤独な心に寄り添い、小さな希望をくれる物語。

柴崎友香著
その街の今は
芸術選奨文部科学大臣新人賞受賞

カフェでバイト中の歌ちゃん。合コン帰りに出会った良太郎と、時々会うようになり――。大阪の街と若者の日常を描く温かな物語。

島本理生著
大きな熊が来る前に、おやすみ。

彼との暮らしは、転覆するかも知れない船に乗っているかのよう――。恋をすることで知る心の闇を丁寧に描く、三つの恋愛小説。

清水朔著
奇譚蒐集録
―弔い少女の鎮魂歌―

死者の四肢の骨を抜く奇怪な葬送儀礼。少女たちに現れる呪いの痣《あざ》の正体とは。沖縄の離島に秘められた謎を読み解く民俗学ミステリ。

白河三兎著
冬の朝、そっと
担任を突き落とす

校舎の窓から飛び降り自殺した担任教師。追い詰めたのは、このクラスの誰？　痛みを乗り越え成長する高校生たちの罪と贖罪の物語。

須賀しのぶ著
夏の祈りは

文武両道の県立高校の野球部を舞台に、それぞれの夏を生きる高校生たちの汗と泥の世界を繊細な感覚で紡ぎだす、青春小説の傑作！

髙村薫著
マークスの山
（上・下）
直木賞受賞

マークス――。運命の名を得た男が開いた扉の先に、血塗られた道が続いていた。合田雄一郎警部補の眼前に立ち塞がる、黒一色の山。

田中兆子著
甘いお菓子は
食べません

頼む、僕はもうセックスしたくないんだ。仲の良い夫に突然告げられた武子。中途半端な〈40代〉をもがきながら生きる、鮮烈な六編。

武田綾乃著
君と漕ぐ
―ながとろ高校カヌー部―

初心者の舞奈、体格と実力を備えた恵梨香、上位を目指す希衣、掛け持ちの千帆。カヌー部女子の奮闘を爽やかに描く青春部活小説。

瀧羽麻子著
うちのレシピ

小さくて、とびきり美味しいレストラン「ファミーユ」。恋すること。働くこと。生きること＝食べること。6つの感涙ストーリー。

高山羽根子著　首里の馬　芥川賞受賞

沖縄の小さな資料館、リモートでクイズを出題する謎めいた仕事、庭に迷い込んだ宮古馬。記録と記憶が、孤独な人々をつなぐ感動作。

千早茜著　あとかた　島清恋愛文学賞受賞

男は、どれほどの孤独に蝕まれていたのだろう。そして、わたしは――。鏤《ちりば》められた昏い影の欠片が温かな光を放つ、恋愛連作短編集。

千葉雅也著　デッドライン　野間文芸新人賞受賞

修士論文のデッドラインが迫るなか、行きずりの男たちと関係を持つ「僕」。友、恩師、家族……気鋭の哲学者が描く疾走する青春小説。

辻村深月著　ツナグ　吉川英治文学新人賞受賞

一度だけ、逝った人との再会を叶えてくれるとしたら、何を伝えますか――死者と生者の邂逅がもたらす奇跡。感動の連作長編小説。

津村記久子著　この世にたやすい仕事はない　芸術選奨新人賞受賞

前職で燃え尽きたわたしが見た、心震わすニッチでマニアックな仕事たち。すべての働く人の今を励ます、笑えて泣けるお仕事小説。

月村了衛著　欺す衆生　山田風太郎賞受賞

原野商法から海外ファンドまで。二人の天才詐欺師は泥沼から時代の寵児にまで上りつめてゆく――。人間の本質をえぐる犯罪巨編。

天童荒太著

幻世《まぼろよ》の祈《いの》り

家族狩り 第一部

高校教師・巣藤浚介、馬見原光毅警部補、児童心理に携わる氷崎游子。三つの生が交錯したとき、哀しき惨劇に続く階段が姿を現わす。

寺地はるな著

希望のゆくえ

突然失踪した弟、希望《のぞむ》。誰からも愛されていた彼には、隠された顔があった。自らの傷に戸惑う大人へ、優しくエールをおくる物語。

時武里帆著

護衛艦あおぎり艦長 早乙女碧

これで海に戻れる――。一般大学卒の女性ながら護衛艦艦長に任命された、早乙女二佐。胸の高鳴る初出港直前に部下の失踪を知る。

梨木香歩著

村田エフェンディ滞土録

19世紀末のトルコ。留学生・村田が異国の友人らと過ごしたかけがえのない日々。やがて彼らを待つ運命は。胸を打つ青春メモワール。

中島京子著

樽とタタン

小学校帰りに通った喫茶店。わたしはコーヒー豆の樽に座り、クセ者揃いの常連客から人生を学んだ。温かな驚きが包む、喫茶店物語。

早見和真著

イノセント・デイズ

日本推理作家協会賞受賞

放火殺人で死刑を宣告された田中幸乃。彼女が抱え続けた、あまりにも哀しい真実――極限の孤独を描き抜いた慟哭の長篇ミステリー。

新潮文庫の新刊

村上春樹著
街とその不確かな壁（上・下）
村上春樹の秘密の場所へ――〈古い夢〉が図書館でひもとかれ、封印された〝物語〟が動き出す。魂を静かに揺さぶる村上文学の迷宮。

東山彰良著
怪　物
毛沢東治世下の中国に墜ちた台湾空軍スパイ。彼は飢餓の大陸で〝怪物〟と邂逅する。直木賞受賞作『流』はこの長編に結実した！

早見俊著
田沼と蔦重
田沼意次、蔦屋重三郎、平賀源内。大河ドラマで話題の、型破りで「べらぼう」な男たちの姿を生き生きと描く書下ろし長編歴史小説。

沢木耕太郎著
天路の旅人（上・下）
読売文学賞受賞
第二次世界大戦末期、中国奥地に潜入した日本人がいた。未知なる世界を求めて歩んだ激動の八年を辿る、旅文学の新たな金字塔。

石井光太著
ヤクザの子
暴力団の家族として生まれ育った子どもたちは、社会の中でどう生きているのか。ヤクザの子どもたちが証言する、辛く哀しい半生。

H.P.ラヴクラフト
南條竹則編訳
チャールズ・デクスター・ウォード事件
チャールズ青年は奇怪な変化を遂げた――。魔術小説にしてミステリの表題作をはじめ、クトゥルー神話に留まらぬ傑作六編を収録。

新潮文庫の新刊

W・ショー
玉木亨訳
罪の水際《みぎわ》
夫婦惨殺事件の現場に残された血のメッセージ。失踪した男の事件と関わりがあるのか……？　現代英国ミステリーの到達点！

C・S・ルイス
小澤身和子訳
ナルニア国物語5
馬と少年
しゃべる馬とともにカロールメン国から逃げ出したシャスタとアラヴィス。危機に瀕するナルニアの未来は彼らの勇気に託される――。

紺野天龍著
あやかしの仇討ち
幽世《かくりよ》の薬剤師
青年剣士の「仇」は誰か？　そして、祓い屋・釈迦堂悟が得た「悟り」は本物か？　現役薬剤師が描く異世界×医療×ファンタジー。

万城目学著
あの子とQ
高校生の嵐野弓子の前に突然現れた謎の物体Q。吸血鬼だが人間同様に暮らす弓子の日常は変化し……。とびきりキュートな青春小説。

桜木紫乃著
孤蝶の城
カーニバル真子として活躍する秀男は、手術を受け、念願だった「女の体」を手に入れた！　読む人の運命を変える、圧倒的な物語。

國分功一郎著
中動態の世界
―意志と責任の考古学―
紀伊國屋じんぶん大賞・小林秀雄賞受賞
能動でも受動でもない歴史から姿を消した〝中動態〟に注目し、人間の不自由さを見つめ、本当の自由を求める新たな時代の哲学書。

救《すく》いたくない命《いのち》

俺たちは神じゃない2

新潮文庫　な-109-2

令和六年十月一日発行
令和七年四月二十五日四刷

著者　中《なか》山《やま》祐《ゆう》次《じ》郎《ろう》
発行者　佐藤隆信
発行所　株式会社 新潮社
郵便番号　一六二—八七一一
東京都新宿区矢来町七一
電話　編集部(〇三)三二六六—五四四〇
　　　読者係(〇三)三二六六—五一一一
https://www.shinchosha.co.jp

価格はカバーに表示してあります。

乱丁・落丁本は、ご面倒ですが小社読者係宛ご送付ください。送料小社負担にてお取替えいたします。

印刷・錦明印刷株式会社　製本・錦明印刷株式会社

© Yujiro Nakayama 2024 Printed in Japan

ISBN978-4-10-103982-4 C0193